異世奇談
이 세 기 담

이세기담 異世奇談

발행일 2022년 3월 14일

지은이 도어름
펴낸이 손형국
펴낸곳 (주)북랩
편집인 선일영   **편집** 정두철, 배진용, 김현아, 박준, 장하영
디자인 이현수, 김민하, 허지혜, 안유경   **제작** 박기성, 황동현, 구성우, 권태련
마케팅 김회란, 박진관
출판등록 2004. 12. 1(제2012-000051호)
주소 서울특별시 금천구 가산디지털 1로 168, 우림라이온스밸리 B동 B113~114호, C동 B101호
홈페이지 www.book.co.kr
전화번호 (02)2026-5777   **팩스** (02)2026-5747

ISBN 979-11-6836-219-2 03810 (종이책)   979-11-6836-220-8 05810 (전자책)

(주)북랩 성공출판의 파트너

북랩 홈페이지와 패밀리 사이트에서 다양한 출판 솔루션을 만나 보세요!

홈페이지 book.co.kr • **블로그** blog.naver.com/essaybook • **출판문의** book@book.co.kr

작가 연락처 문의 ▸ ask.book.co.kr

작가 연락처는 개인정보이므로 북랩에서 알려드릴 수 없습니다.

2022 개정판

異世奇談
이세기담

도여름 소설집

북랩 book Lab

작가의 말

〰〰〰〰〰〰〰〰〰〰〰〰〰〰〰〰〰〰〰〰〰〰〰

유리는 아주 느리게 흐르고 있습니다

구겨진 음악과 함께하는 자조 모임을 가집시다

내가 제외된

나는

다시 꿈속으로 갑니다

차
례

송 충 이

송충이

기상起牀하자마자 발밑을 확인했다.

두꺼운 이불을 들치자 투박한 흑갈색 몸뚱어리가 보인다. 더 자렴. 머리를 토닥여 준 뒤 욕실로 향했다.

어젯밤 늦게 잠에 든 탓인지 눈 주변이 거무스름하게 물들어 있었다. 붙박이장을 열어 아직 포장을 뜯지 않은 샴푸를 꺼냈다. 호정이 제비꽃 향기가 좋다며 품에 안겼던 값비싼 샴푸다. 나는 제비꽃 향기를 맡아 본 적이 없었기 때문에 그냥 고개를 끄덕이며 그래, 좋을 것 같으네, 하고 맞장구를 쳤던 것 같다. 손에 힘을 주자 보랏빛의 걸쭉한 액체가 조금 밀려 나왔다. 얼굴을 가까이 가져다 대고 숨을 들이켰지만 이게 정말로 제비꽃의 향기인지는 여전히 알 수 없다.

문득 불쾌한 느낌이 들어 정신을 차려 보니 병을 지나치게 찌그러트린 탓에 내용물이 손을 타고 바닥으로 뚝뚝 흐르고 있었다. 아, 이거 비싼 건데. 재빨리 무릎을 굽혔다. 바닥에 흘린 샴푸를 긁어모아 머리에 발랐다. 보라색 같기도, 조금 더 탁한 것 같기도 한 색의 거품이 타일 사이사이를 메웠다. 수건으로 물기를 닦아 내고 샴푸 용기를 들어 쓰레기통에 던져 넣었다. 캉, 하는 경쾌한 소리를 되새기며 옷장 문을 열었다. 어차피 검은색 천지인 옷더미 앞에서 고민하는 것도 우습다. 지난달에 상설 매장에서 구입한 투피스를 꺼

내 입었다.

눈 밑의 얇은 살에 파우더를 펴 발랐다. 채도가 높지 않은 립스틱을 입술 위에 몇 번 두들겼다. 사십 분가량을 할애하고 나서야 나름대로 숙면을 취하고 일어난 사람 같은 얼굴이 나타났다. 너무 생기 있지 않은, 점잖은 꾸밈 정도의.

이불을 걷고 송충이를 안아 올렸다. 털이 듬성듬성 난 몸뚱이가 꾸물거리며 어깨 위로 올라와 자리를 잡았다. 거울 앞에서 몸을 이리저리 비춰 보았다. 송충이를 어깨에 짊어진, 그럴듯하게 단정하고 창백한 여자가 경직된 미소를 짓고 있다. 고개를 돌려 송충이와 눈을 맞췄다.

—자, 이제 가자.

새 학기의 첫날은 비린내가 났다. 비 오는 날의 냄새와 갓 중학교를 졸업한 아이들의 것이 한데 뒤섞여 코 속을 불편하게 만들었다.

아직 교복 공동 구매가 시작되지 않은 탓에 교실 안은 온갖 색들이 뒤섞여 전체적으로 어지러운, 조금은 얼떨떨한 인상을 주고 있었다. 학교에서 '신', 혹은 '새'라는 말이 앞에 붙은 기간마다 그러듯이 아이들은 쾌활한 사교의 장을 엶과 동시에 경계 섞인 탐색에 열심이었다.

그리고 나는 그 열기 속에 홀로 정체된 석물이었다. 사방이 보이지 않는 위험이다. 나는 깃이 닳은 진녹색 셔츠를 입은 채 조심스레 앞자리에 앉았다. 누군가 거리를 좁혀 올 때마다 두려움 섞인 기대감에 입술이 움찔거렸지만 아이들은 나를 지나쳐 뒤로 혹은 앞으로 갈 뿐이었다. 셔츠가 칠판과 같은 색이라서 나를 보지 못하는 것이 아닌가 하는 생각이 들어 몸을 이리저리 틀어 봤지만 결과는 같았다. 그때 옆자리의 의자가 끌리는 소리가 났다. 깨끗한 연분홍색 소매가 시야에 들어왔다.

—너, 물속에서 눈 뜰 수 있어?

　옆을 돌아보자 눈을 크게 뜬 여자아이가 고개를 기울인 채 웃고 있었다. 나는 대답을 하지 않았다. 대답을 바라고 한 질문은 아니었는지 여자아이가 내 짧은 머리칼을 가리키며 예쁘다, 하고 또 웃었다. 샴푸값이 아까워서 자른 거야. 이것도 감은 지 사흘 됐나. 문구용 가위로 자른 거, 티가 나는 거니? 하는 말들을 숨기며 마주 웃어 줬다. 호정은 이 세상의 사람이 아닌 것처럼 보였다. 햇빛이 온통 이쪽으로 모여 밖에 비가 내리고 있는 것이 아닌가 하는 생각마저 들었다. 눈이 지나치게 부셔 이마를 찡그릴 수밖에 없었다.

　호정과 헤어져 집으로 가는 길에는 유난히 발에 차이는 돌멩이가 많았다. 누군가 지구의 모든 돌부스러기와 지면 아래 있는 오래된 뼛조각들까지 내 앞에 와르르 쏟아 놓은 것 같았다. 집으로 통하는 지름길에는 커다란 바위가 난데없이 버티고 있었다. 설상가상. 발로 차고 밀어도 봤지만 바위는 꿈쩍도 하지 않았다. 거칠거칠한 표면에 손바닥이 긁혀 생채기가 났다. 신발 근처에 모인 뼛조각들은 자각자각 소리를 내며 금방이라도 달려들 듯 소란스럽게 굴었다. 이러다 아틀라스 같은 꼴이 되어 버릴지도 몰라. 아니, 이건 시시포스인가.

하는 수 없이 옆 건물을 돌아봤다. 건물의 뒷문으로 나가 옆 골목을 통하면 될 터였다. 우산을 접고 건물 내부로 들어갔다. 우산 끝에서 빗물이 흘러내려 바닥에 깔린 먼지를 적셨다. 축축한 먼지 덩어리가 내 발뒤꿈치를 끈질기게 따라다녔다. 어디선가 물소리가 들렸다. 빗소리와는 종류가 다른 것이었다. 물장구를 치는 것 같기도 했고, 누군가 허우적거리는 소리 같기도 했다. 일 층에는 출입구 외에는 아무것도 없었다.

소리를 따라 계단을 올라갔다. 계단참의 벽면에 붙어 있는 비상등의 초록색 인간이 달려가다 사라지기를 반복했다. 계단 끝에는 빛바랜 명패가 달린 철제문이 버티고 있었다. 눈을 가늘게 뜨고 한 자를 읽었다.

'迦猊 상사'.

가맥… 상사? 해맥 상사? 문에 귀를 가져다 댔다. 아까부터 들리던 물소리와 함께 다른 것들이 들려왔다. 이제는 존재하지 않는 고대의 사어로 중얼거리는 것 같기도 했고, 뭔가 불에 타들어 가는 소리 같기도 했다.

순간 귀를 너무 가까이 댄 탓에 문이 밀리면서 내부가 드러났다. 순간적으로 쏟아지는 햇빛에 눈을 찌푸렸다. 먼저 눈에 들어온 것은 수십 개는 족히 돼 보이는 선반 위의 수조들이었다. 잔뜩 이끼가 긴 불투명한 유리 사이로 커다란 물고기들이 꿈틀거리고 있었다. 햇볕이 강해지자 피부가 우둘투둘한 회색 물고기가 끈적한 물 위로 주둥이를 내밀며 푸, 하고 질척한 숨을 토해 냈다.

노인이 수조들을 등진 채 창밖을 보고 있었다.

예정에 없던 방문자에게도 관심이 없는지 노인은 이름 모를 풀만 씹고 있었다.

무릎을 굽혀 선반 아래 칸을 살피자 통에 갇힌 갑각류 같은 것들이 다각다각 소리를 내며 경계의 몸짓을 취했다. 안쪽으로 걸어 들어갈수록 통의 크기는 점점 작아졌다. 가장 마지막의 통 안에는 털이 돋은 조그만 덩어리가 누워 있었다. 송충이는 나를 발견하자마자 벽면에 달라붙어 이리저리 몸을 흔들었다. 나도 얼떨결에 손을 좌우로 흔들었다.

송충이가 들어 있는 통을 들고 노인에게 걸어갔다. 잠시 송충이를 들여다보던 노인이 쭈글쭈글한 손바닥을 내밀었다. 파란색 지폐를 두어 장 올려놨지만 노인의 손은 여전히 나를 향해 있었다. 나는 지폐를 다시 주머니에 구겨 넣고 노인의 손을 잡았다. 노인이 오므라든 입술을 양옆으로 늘이며 손을 위아래로 흔들었다. 그러고는 다시 수조를 등지고 풀을 꾹꾹 씹기 시작했다. 송충이는 그날

부터 나와 함께 자랐다.

　호정은 그날 이후 대부분의 시간을 내 옆자리에 앉아 있는 데에 썼다.

　내 책상에는 항상 다른 아이들이 오 분 십 분씩 머물렀다 떠나곤 했다. 내가 앉아 있는 의자보다도 그 책상이 어떤 '자리'라고 생각하는 것 같았다. 호정과의 별것 아닌 잡담에도 아이들은 흐뭇한 표정을 지었고 그 방울 같은 얼굴로 던지는 엉뚱한 질문에는 끊임없이 웃음을 터뜨렸다.

　호정은 내게 질문하는 것을 가장 좋아했다. 비행기는 후진할 수 없어? 달에서는 무슨 냄새가 날까? 신의 자격은 뭐라고 생각해? 나는 한 번도 대답하지 못했다. 호정은 당황하는 기색 없이 다시 미소를 지으며 내가 흥미를 느낄 만한 '평범한' 화제를 꺼내곤 했다.

　—너, 무슨 영화 좋아하니?

—생각 안 해 봤는데.

　—이 영화 알아? 히키코모리 여자랑… 한강에 조난한 남자가 사랑에 빠지는 영화인데. 알아, 되게 이상하게 들리지? 그런데 정말 좋다니까. 오늘 우리 집에 와서 같이 볼래, 정아야?

　호정의 집은 주인을 닮아 있었다. 한쪽 벽면을 차지한 커다란 창에서 노르스름한 햇살이 들어와 커다란 거실을 따뜻하게 데워 주었다. 장식장에는 성실하게 학교에 다녔다면 으레 받을 법한 빳빳한 상장들과 바이올린을 켜고 있는 여자 모양의 공예품 같은 것들이 들어차 있었다. 텔레비전 위에 걸린 가족사진에서는 호정과 비슷한 얼굴을 가진 부부가 뿌듯한 미소를 짓고 있었다. 주인을 닮아 균형 감각이 탁월한 집. 내가 차지하는 부피가 공간의 균형을 일그러트리지나 않을까. 지금이라도 도망치고 싶었지만 호정의 미소는 단호했고 또 그건 오직 나를 향한 미소였다.

호정의 방은 우리 집의 안방보다도 넓었다. 나는 온통 새하얗기만 한 가구들과 침대에 달린 불투명한 캐노피가 불편해 자꾸만 엉덩이를 들썩거렸다.

　—편한 옷으로 갈아입을래?

　호정이 가져온 옷에선 우리 집의 때 낀 세제 통에서는 절대로 나지 않을 법한 싱싱한 냄새가 났다. 갈아입은 티셔츠에 코를 박고 킁킁거리자 호정이 어, 덜 말랐나? 하며 걱정스러운 표정을 지어 보였다. 나는 고개를 저었다.

　영화는 한강 한복판에 고립된 남자의 이야기로 시작된다. 남자는 한참을 절망하다가 결국은 뭔가를 찾아 먹는다. 먹는 것으로 시작해서 먹는 것을 위해 살아간다. 자장 라면을 먹기 위해 옥수수를 심고 콩을 키운다. 자장 라면을 위해 살아가는 삶을 지켜보는 다른 사람이 있다. 여자는 방에 틀어박혀 온종일 다른 여자들의 사진을 찾아 훔친다. 나름의 사이클도 있다. 운동도 하고 망원경도 들여다본다. 남자는 망원경 안에 잡혔다. 여자는 남자를 잡았다. 그를 위해 자장면을 배달시킨다. 배달원은 오리 배를 타고 자장면을 건네주지만 남자는 고개를 젓는다. 배달원의 얼굴이 땀에 젖은 채로 일그러진다. 여자는 돌아온 자장면을 꾸역꾸역 집어삼킨다.

　—남자가 보낸 거대한 희망을 맛보려 합니다. 정말 희망의 맛이 맞습니다…. 진짜루.

　이런 직설적인 대사도 잊지 않는다. 아마 영화의 주제는 희망인가 보다. 그리고 어느 영화나 그렇듯 고난과 역경의 시간이 지난 후 두 사람은 드디어 달리는 버스에서 상봉한다.

—마이 네임 이즈 김정연. 후 아 유?

남자 주인공은 너무 멍청했고 여자 주인공은 한심했다. 영화보다는 호정이 내준 과자가 더 마음에 들어왔다. 나는 호정이 영화에 집중해 있을 때마다 과자를 한꺼번에 두 개씩 집어 입에 털어 넣었다. 채 씹지 못한 과자 조각들이 식도 내벽을 긁으며 내려갔다.

—어땠어? 난 여자가 방문을 열고 나온 장면이 가장 좋아. 나도 옥수수를 좀 키워 볼까 봐.
—문, 다시 닫혔잖아.
—어… 오리 배 친구가 생겼을 때의 햇살, 근사하지 않아?
—처음에 자살하려고 하던 때랑 같은 햇빛이야.
—그렇구나…. 아, 자장면 배달 돌려보내는 거. 좋더라. 해피 엔딩의 복선 같지.

나라면 배달원이랑 오리 배 타고 바로 돌아갔어, 라는 말을 굳이 소리 내서 하지는 않았다. 이미 호정의 표정은 충분히 난감해 보였다. 지나치게 방어적인 탓에 공격적으로 느껴지는 내 대답을 수용하려 애쓰는 모습을 보고 있자니 왠지 모르게 속이 메스꺼워졌다. 내가 아무 말도 하지 않자 제 말에 동의한다는 표시라고 생각했는지 호정의 표정이 확 밝아졌다. 눈이 시릴 만큼 환해서 눈썹 위로 주름을 잡을 수밖에 없었다.

　집으로 돌아오는 길 내내 코와 입 속에서 버터 냄새가 넘쳐흘렀다. 참지 못하고 어느 골목길로 뛰어 들어가 호정이 들려 준 과자 상자를 옆으로 내팽개쳤다. 입을 벌리자 순식간에 탁한 액체가 쓰레기봉투 위로 쏟아졌다. 신물 몇 방울이 도로 튀어 올라 셔츠에 젖은 자국을 남겼다. 토사물에서는 은근한 단맛이 났다. 한참을 게워 내다 소매를 들어 입가를 훔쳤다. 심한 토악질 탓에 몸의 내

벽이 밖으로 밀려 나와 안과 밖이 뒤바뀐 것 같았다. 한 번 더 헛구역질을 하고 집으로 달려갔다.

과자는 모두 송충이의 몫이 되었다. 넉 달 전보다 몸집이 커진 송충이가 기어와 과자를 와삭와삭 씹어 삼켰다. 맛있니?

그날 밤 한강에 조난되는 꿈을 꾸었다.

오리 배는 오지 않았다.

송충이는 점점 자라 졸업식 즈음엔 거의 새끼 고양이만 한 덩치를 갖추게 되었다. 호정의 집에 다녀온 뒤 내게서 떨어지지 않으려고 기를 쓰는 탓에 어깨에 올려 두고 다녔지만, 몸이 걷잡을 수 없이 커지는 바람에 만성적인 어깨 통증도 동반할 수밖에 없었다.

호정은 삼 년 내내 내 손을 꼭 붙들고 다녔고 나는 아이들 사이에서 '호정의 친구'로 불리는 모양이었다. 아이들은 '호정의 친구'에게 자주 다가왔지만 그 명칭 외에 내가 보여 줄 수 있는 것은 없었고, 설사 있다고 해도 볼품없는 실오라기 같은 것들뿐이었기 때문에 그들은 자주 다가오고 자주 돌아갔다. 그리고 이내 잊어버렸다.

　정아를 잊지 않는 것은 호정뿐이었다. 내가 이 과를 선택한 탓에 훌쩍 멀어져 버린 교실 사이의 거리에도 불구하고 호정은 쉬는 시간마다 달려와 정아야, 하고 불렀다. 가끔씩 내가 엎드려 자고 있는—척 하는—날에는 한참을 정아야, 정아야, 부르다가 둥그런 글씨체의 쪽지를 필통에 톡 붙이고 갔다. 보통은 별 내용 없이 귀염을 떠는 내용이었다. 아. 호정의 목소리에는 비음이 살짝 섞여 있었는데, 특히 내 이름을 부를 때 더 그랬다. 정아야, 정아야, 부르는 소리가 들릴 때마다 호정의 목을 졸라 성대를 터뜨려 버리고 싶기도 했고, 또 웃기게도 연한 그 허리를 힘껏 끌어안고 싶기도 했다. 어차피 한 번도 실행한 적은 없다. 둘 다.

　졸업식 날 호정은 안개꽃을 건네며 슬퍼, 하고

울음을 터뜨렸다. 우리는 서로 다른 지역의 대학에 합격한 상태였다. 호정은 중심 도시의 중심에서, 나는 낯선 지명의 그럭저럭인 학교에서 그럭저럭 지내게 될 것이다. 흰 꽃잎 사이로 눈물에 젖은 호정의 얼굴이 드문드문 보였다. 우는 것마저 하얗구나. 호정은 같이 울어 주지 않는 나를 타박하며 카메라를 가리켰다. 자세를 잡을 틈도 없이 플래시가 터졌다. 받아 든 사진 속의 나는 왼쪽 어깨가 조금 더 내려가 있었다.

호정을 마지막으로 본 것은 일주일 하고도 삼일 전이었다. 회사에서 정신없이 자판을 두드리고 있던 참에 전화가 걸려 왔다. 정아야. 나, 너희 회사 앞이야. 점심 먹자. 내가 대답이 없자 호정이 웃는 목소리를 내 보였다. 내가 살게, 응? 응, 대충 대답하고 휴대폰을 서랍에 던져 넣었다. 생각보다 소리가 크게 나자 옆자리의 여직원이 눈을 흘겼다. 나는 점심시간까지 별것도 아닌 보고서 여섯 장을 마무리해야 했다. 손을 너무 급하게 놀린 탓에 글자보다 손이 먼저 나가 오타가 생기는 일이 잦았다. 점심시간까지는 삼십팔 분이 남아 있었다.

─정아야.

큼지막한 꽃잎이 박힌 원피스를 팔랑이며 달려오는 호정에게 직원들의 눈길이 쏠아졌다. 호정이 팔을 내 팔꿈치 사이에 밀어 넣었다. 그러지 않아도 흰 팔목이 내 진회색 소매 위에서 더 새하얗게 빛났다. 벌써 구월인데 넌 춥지도 않니. 겉옷을 벗어 호정의 얇은 몸에 걸쳐 주었다. 내 자켓은 호정의 어깨 위에서 아주 우아하고 값비싼 고급품처럼 보였다. 호정이 쑥스럽게 웃으며 한 손으로 옷깃을 단단히 여몄다. 나도 마주 웃었지만 눈 근처의 근육이 뒤틀리는 것은 막을 수 없었다.

회사 근처의 패밀리 레스토랑으로 나를 데리고

온 호정이 익숙하게 주문을 했다. 항상 이런 식이었다. 호정이 전화를 걸었고, 가만히 있는 나를 끌고 어디론가 가서 무언가를 먹였다. 나는 아무 말 없이 어깨 위의 송충이를 쓰다듬었다.

　—아, 나 오늘 정말 바빴어.
　—그래?
　—응, 개업이라는 게 생각보다 힘든 일이지 뭐야. 너 보고 싶어서 빠져나왔어.

　호정은 서울의 한 이름 높은 대학을 막 졸업한 상태였다. 물론 그사이 지방에서 간신히 전문대를 다니고 있던 나를 만나러 주말마다 내려오는 것도 잊지 않았다. 작은 학교 건물 근처의 을씨년스러운 논밭을 보며 당황하던 것도 잠시. 호정은 내 손을 잡으며 어쩜 이렇게 공기가 맑구 깨끗하니, 하고 감탄했다. 황량한 논밭은 주말에만 스위치가 띵, 켜지는 것 같았다. 내가 얼빠진 얼굴로

부유하던 '공간'은 호정이 들어찰 때 마침내 '장소'
가 되었다. 우리는 좁은 논길을 걸으며 그 길만큼
긴 대화를 나눴다. 물론 거의 호정이 떠들고 내가
짧게 답하는 식이었다. 논길의 끝은 아득할 만큼
멀어서 아무것도 보이지 않았고 공기 중에는 호
정과 내 숨소리만이 가끔 떠다녔다. 그때는 아마
이런 것들만 존재하는 세계라면 호정과 나, 둘이
서만 살아가도 눈이 덜 부실 거라고 생각했던 것
같다. 딱 이마가 찌푸려지지 않을 정도만 환할 수
도 있다고.

　음식이 나오자 호정이 포크를 들었다. 크림이
눅진하게 달라붙은 파스타 면은 호정의 포크에서
입으로 아주 말끔하게 말려 들어갔다. 입술을 오
므린 채 음식을 씹던 호정이 안 먹어? 하고 걱정스
러운 목소리를 냈다. 먹어. 채 마치지 못한 보고서
때문에 머리가 아팠지만 애써 웃으며 포크를 들었
다. 포크에 면을 감으려 몇 번 시도했지만 면이 계
속해서 미끄러졌다. 블라우스의 앞섶에 탁한 흰빛

의 얼룩이 몇 점 생겨났다. 물티슈를 뜯어 문질렀지만 얼룩은 점점 더 커질 뿐이었다.

—참, 너 우리 가게에 언제 올 거니?
—글쎄, 꽃을 살 일이 없어서.
—무슨 소리야. 살 일이 없어도 놀러 와야지. 개업식 때도 바빠서 못 왔잖아. 그리고 네가 꽃을 왜 사니. 내 꽃 다 네 거야!
—그래. 일은 어때?
—조금 힘들어. 어제는 장미 가시에 찔렸지 뭐야. 그래도 아빠가 나 졸업 기념으로 차려 주신 거니까 열심히 해 봐야지 뭐.
—그래.

장미와 리시안셔스와 백합 같은 것들에 파묻혀 있는 호정을 굳이 만나러 갈 생각은 없었다. 자기와 같은 성질의 물체들과 함께 숨 쉬고 있는 호정을 보는 것만으로도 시신경이 끊어질지 모른다.

송충이가 허기지는지 입을 열어 오물오물 씹는 시늉을 해 보였다. 어깨의 힘줄을 짓누르고 있는 무게가 더해지는 것 같았다. 침도 몇 번 맞아 봤지만 통증은 사라지지 않았다. 아무래도 퇴근길에 파스를 몇 장 더 사야 할 것 같았다.

호정은 점심시간이 이십 분 넘게 남았음에도 계속해서 전화를 걸어 다그치는 내 상사를 원망하며 나를 바래다주었다. 퉁퉁 불은 파스타 면들이 자꾸만 위액과 함께 식도를 기어올랐다. 들어가는 길에 말끔히 게워 내야겠다고 생각했다. 호정이 들어가려는 내 손을 붙잡았다. 뼈마디가 튀어나온 손을 호정은 무슨 진귀품을 다루는 모양새로 부드럽게 감싸쥐었다.

—정아야, 우리가 가장 친한 친구라서 좋아.

갈게. 호정이 손을 흔들고 웃는 얼굴로 뒤돌았다. 평소의 습관적인 미소보다 훨씬 선명하게 만

개한 것 같은 웃음이었다. 호정의 천진난만한 미소가 뒤늦게 내 머리 위로 쾅 하는 소리를 내며 추락했다. 장기들이 쪼글쪼글 오그라들었다가 판판해지는 것이 느껴졌다. 등허리의 접히는 부분에 균열이 생겨났다. 벌어진 틈에서 피 대신 점도 높은 크림이 터져 나왔다. 나는 시멘트 위에 눌어붙은 채로 중얼거렸다.

　—그래, 나도 좋아.

　장례식장 앞은 온갖 값비싼 차들로 북적였다. 건물 밖에 서 있는데도 유리문 틈으로 향냄새가 스멀스멀 기어 나와 문상객들의 옷 매듭을 단단히 매어 주었다. 삼 층으로 올라가는 동안 수많은 방을 지나쳤다. 죽은 것이 고인뿐만이 아닌 듯 조용한 방도 있었고, 호상, 호상이다! 따위의 말을 지껄이는 얼굴이 불콰해진 아저씨들의 방도 있었다. 같은 술이라도 장례식장의 술을 마신 사람들의 얼굴이 조금 더 번들거리는 것 같았다. 삼 층은 지구에서 가장 참담하고 애통한 자들의 공간이었다. 반 층 밑의 계단참에서부터 처절한 통곡 소리를 들을 수 있었다. 국화가 빽빽하게 꽂힌 촌스러운 근조 화환에 호정의 이름이 적혀 있는 것을 보니 꼭 우리나라 사람이 제인, 스미스, 그런 이름을 사용해서 이국풍의 소설을 쓰는 것처럼 어색하고 낯설다고 생각되었다. 옆의 화환에도, 그 옆의 화환에도 국화 외의 다른 꽃은 보이지 않았다. 당신네들은 아무것도 모르는군요. 호정은 국화를 좋아하지 않아요. 그 애가 사랑하는 것은 제비꽃이었다고요. 아무도 내 성대 밑에서 악, 하고 울리는 외침을 들어 주지 않았다. 아무것도 모르는 채로 그들은 제비꽃 향기가 무엇인지 아는 여자의 죽음을 추모했다.

─정아야.

나를 발견한 호정의 어머니가 돌진하듯이 달려
와 안겼다. 송충이가 추락의 위험을 느꼈는지 내
목에 몸통을 세게 휘감았다. 나는 허리를 반쯤 굽
힌 자세로 호정의 어머니를 끌어안은 채 빈소로
향했다. 왼쪽 어깨에는 송충이를, 오른쪽 어깨에
는 호정의 어머니를 매달고 걸어가려니 여간 무거
운 게 아니었다. 호정의 영정 사진 앞에 도착했을
즈음엔 고등학교 동창들도 몇 매달려 총 여섯 명
을 매단 상태였다. 물론 나의 친구들은 아니었다.
후들대는 팔을 들어 왼손으로 오른 손목을 받치고
향을 피웠다. 호정의 어머니가 내 발밑에서 끊임
없이 울어 댔다. 어쩜 이럴 수 있니. 그 착한 애가.
그 예쁜 애가. 이렇게 갑자기.

　트럭 운전사는 라디오를 듣고 있었다고 했다.
트로트를 들으려다 채널을 잘못 조절하는 바람에
클래식이 흘러나왔고, 그날은 어쩐지 이런 음악도
괜찮다, 생각했다고 했다. 그러나 단조롭게 뻗은
도로 위에서 서양 악기들의 평화로운 음을 듣는

것은 운전보다는 수면에 도움이 되기 마련이다. 특히 새벽부터 일어나 운전대를 잡은 상태라면 말이다. 호정의 모든 날들이 허공에 흩어져 버리는 데는 단 이 분도 걸리지 않았다. 병원으로 옮겨 심폐 소생술을 할 새도 없이, 생존의 가능성을 점쳐 볼 새도 없이, 아스팔트에 납작하게 달라붙은 채로. 그렇게 끝났다고 했다.

호정의 친구들은 호정이 얼마나 아름다웠는지, 얼마나 상냥했는지 계속해서 떠들어 댔다. 나는 그 옆에 쪼그려 앉아 호정과 함께 걸었던 시골길을 생각했다. 길거리에 난 풀의 어디까지가 누렇게 바래 있었는지, 우리 앞을 가로막던 메뚜기의 머릿수가 몇이었는지 모두 떠올랐다. 나는 지나치게 세세한 기억을 끌어안은 채였다. 감당할 수 있는 기억만 쥐고 있어야 했다. 모든 것이 유리 파편이 되어 굽은 등에 내리꽂혔다. 호정은 이 모든 것을 책임지고 떠났어야 했다. 떠날 거라면. 갑자기 울음이 욱, 하고 터져 나왔다. 사람들은 모두 눈을

돌려 고인의 가장 가까운 벗이 흘리는 눈물에 주
목했다. 코에서 묽은 콧물이 흐르고 입가에서도
같은 농도의 액체가 뚝뚝 떨어졌다. 칠 년 전, 코
속을 불편하게 했던 비릿한 것들이 이제야 분비물
을 타고 빠져나오는 것 같았다. 호정의 어머니와
친구들이 무릎걸음으로 기어와 내 손을 마주 잡았
다. 호정과 미묘하게 닮은 호정의 친척들도 몰려
와 내 등을 토닥이고 얼굴을 문질러 닦아 주었다.
그때였다.

　별안간 송충이가 웃음을 터뜨렸다.

　높고 날카로운 웃음소리가 사람들의 울음소리
를 꾸역꾸역 밀어내고 온 공간을 차지했다. 귀 근
처에 송충이의 빳빳하게 곤두선 체모가 느껴졌다.
웃음소리는 장례식장을 온통 채우고도 모자란지
계속해서 커지기만 했다. 덜컹거리는 창문에 심장
밑이 뻐근해졌다. 황급히 송충이의 입을 틀어막아
보았지만 소용없는 일이었다. 건물이 무너지지나
않을까. 결국 내 손을 쥔 손들을 떨쳐 내고 밖을

향해 달렸다.

건물을 벗어나도 송충이의 폭소는 끝나지 않았
다. 송충이가 한 번 웃을 때마다 식식 새어 나오
는 공기에서 농도 높은 향냄새가 났다. 지나가는
사람들도 송충이를 보고 한 번씩 웃는 것 같았다.
모두가 송충이를 보고 웃고 있었다. 하는 수 없이
장례식장 근처의 허름한 건물로 몸을 피했다. 언
뜻 창문에 노인이 비치는 것을 보고 이 층으로 뛰
어 올라갔지만 깜깜한 복도에는 화장실의 존재를
알리는 표지판만이 덜렁거리고 있었다. 화장실은
애매하게 청결했고 같은 정도로 지저분했다. 들
어가자마자 얼굴을 씻으려 물을 틀었다. 송충이
는 숨이 찬 기색도 없이 계속해서 배를 부여잡고
껄껄 웃었다. 달팽이관이 바스러질 것 같은 통증
에 물이 반쯤 차오른 세면대에 통째로 얼굴을 처
박았다. 미지근한 물이 코 속을 씻어 내고 눈 주변
에 말라붙은 소금기를 희석했다. 코에서 나온 공

기 방울이 뺨을 간지럽게 스치며 수면 위로 올라 갔다.

나는 물속에서 눈을 뜰 수 없었다.

정신을 차려 보니 오랜 시간 숨을 참고 있었다. 물속에서 머리를 꺼냈지만 송충이는 이제 눈물까 지 흘려 가며 웃고 있었다. 비명에 가까운 웃음소 리가 내 관자놀이를 건드렸다. 갑자기 풋, 하고 웃 음이 터져 나왔다. 나는 수돗물의 염소에 붉어진 눈으로 송충이와 마주 보며 깔깔댔다. 동일한 주 파수의 웃음소리가 건물을 가득 메웠다. 누군가 일 층에 있다면 아무것도 듣지 못했을지도 모르지 만, 그냥 그런 것처럼 느껴졌다. 우리는 아파 오는 옆구리를 부여잡으며 화장실을 나가 위층으로 향 했다.

웃음이 떠난 자리에는 외마디 비명만이 가라앉 았다.

우리는 섬으로 간다

우리는 섬으로 간다

우리는 섬으로 간다.

S 역에서 G 시로 향하는 기차를 탄다. 처음으로 동일한 목표를 가진 채 익숙한 차체에 올라탄다. 기차 안의 공기는 서툴고 미지근하다. 누구 하나 쉬이 잠들지 못하는 시간이 지속된다. 졸음이 아닌 졸음 같은 현기증이 대화를 단절시킨다. 창밖을 바라보며 생각에 잠긴 척하지만 집중하지 못하고 있다는 사실을 알고 있다. 세상 밖으로 나가는

길은 어지럽다. 가볍게 맞댄 손등만이 우리가 가야 할 길을 견고하게 가리킨다.

우리는 G 시에 도착한다. 불편하다. 익숙한 형태들을 둘러보는 눈은 안정을 찾지만 나는 알고 있다. 이곳은 불편하고 두려운 곳이다. 우리는 익숙한 곳에서 용감해지지만 언제나 예외는 존재한다. 엄마의 손을 놓친 아이가 울음을 터뜨린다. 이것이 바로 실종 사건의 시작일지도 모른다. 그러나 역 안은 사람의 밀도가 높지 않고 아이의 엄마는 아이의 울음소리를 듣고 돌아올 것이다. 그 높은 가능성을 모르는 아이는 멍청하다. 네게 이런 말을 한다면 너는 너도 어렸을 땐 그랬을걸, 이라고 말할지도 모르겠다. 그러나 나는 유년 시절에도 아주 똑똑했다. 일곱 살쯤이었나. 백화점 안에서 길을 잃자마자 직원에게 달려가 미아가 되어버린 나의 존재를 알리고 아버지의 인상착의를 설명했다. 그러므로 나는 오래전에, 저렇게 우는 아이를 한심하게 쳐다볼 권리를 획득한 것이다. 너는 무슨 생각을 하냐고 묻고 나는 그냥 웃는다.

서둘러 터미널로 간다. G 시의 여름은 따갑다. G 시의 택시 기사들은 창문을 닫아 놓는 법을 모른다. 터미널에서는 조금 멀찍이 떨어져 걷는다. 너는 M 시로 가서 택시를 타자고 했지만 내가 아는 길은 이것이고 이것을 쓰고 있는 주체는 나이기 때문에 이 글 안에서의 경로는 이렇다.

우리는 'W 도'라는 이름의 섬으로 간다. 바로 탈수 있는 일반 버스를 외면한 채 기다린다. 삼십 분을 넘게 기다려야 하는 시외 우등 표를 멋대로 끊는다. 너는 어이없다는 듯 웃는다. 사실 네가 일반 버스를 탈지 우등 버스를 탈지 잘 모르기 때문에 이것은 내가 어쩔 수 없이 갖다 붙이는 지엽적인 요소다. 버스에 올라탄다. 나는 잠시 초등학생 때 우리 반으로 전학 왔던 W 도의 아이를 떠올린다. 당연히 도시의 우리들보다 지능이 낮을 거라고 생각했던 나와 김을 좋아하냐고 물었던 내 짝의 몫까지 잠시 참회하는 시간을 가진다. 다리를 건너고 있을 때 굉음과 함께 앞서가던 차가 폭발한다. 버스도 영향을 받아 기울어진다. 나는 내 바늘을 부러뜨릴 기회를 가질 새도 없이 바늘이 멈춰 버릴 수도 있다는 생각에 괴로워한다. 아니다. 사실 앞의 차는 폭발하지 않는다. 어차피 이것은 내가 쓰고 있는 글이고 내가 세워 놓은 차들이기 때문에 폭발하고 말고는 내 마음이다. 나는 화염에 휩싸여 죽는 것은 딱 질색이기 때문에 그냥 폭발하지 않은 것으로 하겠다. 차는 별 어려움 없이 미끄러져 나간다. 시간이 기울어질수록 말수는 줄어든다. 너는 바다에 가면 말이 없어진다고 했고, 나는 항상 그렇듯이 구구절절 말이 많은 편이지만 적당히 그렇지 않은 척하리라 마음먹는다.

우리는 섬에 도착한다. 나는 담배를 입에 문다. 어딘가 출발하고 도착할 때마다 담배를 피운다는 것은 어쩌면 그곳과 가까워지려는 노력일지도 모르겠다. 혹은 그 반대일 수도 있고. W 도에서 피우는 담배 연기에는 소금기가 섞여 들어간다. W 도를 가 본 적 없기 때문에 잘 모르지만 아마도 그럴 것이라 짐작한다. 나는 '소금기'라는 단어를 볼 때마다 김승옥의 『무진기행』을 떠올린다. 굳이 구절을 인용할 생각은 없다. 그냥 내 생각이 그렇다는 것이다. 습관처럼 허리께에 손을 얹고 담배를 피우는 나는 울적하다. 세상이 완결되는 어느 지점에서 모든 기나긴 것이 사라진다고 해도 이 부족한 시간은 계속해서 외롭게 떠돌아다녔으면 좋겠다. 나도 외롭고 너도 외로우니까. 아니, 너는 외롭지 않을지도 몰라. 내 오만일지도 모른다. 그렇지만 나는 외로우니까. 이 특정한 하루만큼은 없는 곳을 떠다니면서 무한히 리플레이되기를 바란다. 나는 그렇게 울적한 생각을 하고 있다.

뒤에서 라이터 좀 빌려주세요, 하는 소리가 들리고 나는 반사적으로 네, 하고 친절하고 높은 목

소리를 낸다. 뒤를 돌아보면 네가 웃음을 필사적
으로 참는 표정으로 서 있다. 화난 척을 하며 네
가슴팍을 세게 친다. 그렇지만 나도, 너도 내가 화
나지 않았다는 것을 안다. 가장 중요한 것은 그것
이다. 화난 표정을 지어도 화나지 않았다는 것을
아는 것. 그리고 더 중요한 것은 내가 화나지 않았
다는 사실을 알면서도 화난 사람을 달래는 것처럼
날 대하는 너.

우리는 W 도의 작은 항구로 간다. 멀미가 심한
나는 뺨을 누르며 걱정한다. 너도 멀미가 심하다
고 했으니 우리 둘 다 뺨을 누르며 걱정하게 될 것
이다. 배는 오십 분에 출발한다. '몇 시 오십 분'이
라는 시각이 어색하게 느껴져 괜히 머리를 쓸어
넘긴다. 머리에 바닷바람이 들러붙어 끈기가 생긴
다. 배가 침몰한다고 쓰고 싶지만 아까 버스에서
의 폭발 사고로 이미 한 번 써먹었기 때문에 진부
하리라는 것을 안다. 그러므로 극적인 사건은 없

다. 어쨌거나 배는 간다. 우리는 서로에게 기댄 채 물을 보고 공기를 본다. 너는 말이 없다. 나는 말을 하고 싶지만 할 말이 없기 때문에 그냥 하지 않는다. 할 말이 없을 때 생각나는 말이야말로 하지 말아야 한다는 것을 잘 알고 있다. 무슨 말이든 꺼내서 대답을 듣고 싶지만 그것이 뭘 증명하는지 알기에, 그리고 너도 내가 그렇다는 것을 알아차릴 것 같아서 나는 그냥 입을 다문다. 나는 우리가 정말 갈 수 있을지 궁금하다. 그럴 수 있나?

　우리는 섬으로 간다.

어느 날 일어나 보니
서른 살이 되어 있었다

어느 날 일어나 보니 서른 살이 되어 있었다.

누가 일러 준 것은 아니지만 오늘 나는 서른 살, 이라는 사실이 이미 머릿속에 박혀 있다. 물론 서른 살이 되는 일은 전혀 특별한 것이 아니다. 지구에 발 디디고 사는 사람들은 서른 살을 맞이하기 마련이고 모두가 어떤 특별함도 없이 서른 살을 보낸다.

누군가는 스무 살을 두고 커다란 선물 상자 같

다고 했다. 스무 살이 선물 상자라면 서른 살은 종이 상자. 상자도 아닌 종이봉투에 가깝다. 마트에서 식료품을 사면 여기에 넣으세요, 하고 무상으로 얹어 줄 법한 갈색 종이봉투 말이다. 그 봉투의 밑바닥에는 분명히 아, 정말로 어른이다, 이제 어쩔 수 없다, 하는 체념과 낙망 같은 것들이 그득그득 깔려 있을 것이다. 내 봉투 밑바닥에는 절망 대신 충격이 깔려 있을지도 모른다. 왜냐하면 어제까지만 해도 난 스물여섯 살이었기 때문이다.

　—엄마. 나 오늘 서른 살이야.

　—그렇지.

　—아니, 오늘 갑자기 서른 살이 되어 버렸다니까?

　—그래, 기억하고 있어. 동근이가 저녁에 케이크 사 올 거야.

　—무슨 케이크.

　—오늘이 너 서른 번째 생일이잖니. 정확히는

스물아홉 번째지만.

　―그런 거야?

　―축하한다.

　오늘이 서른 살의 생일이라면 사람들에게 내가 갑자기 사 년을 뛰어넘었다는 사실을 호소하기 어려워진다. 사람들에게 어제까지는 스물여섯 살이었는데, 오늘은 서른 살이에요, 제 사 년은 어디로 가버린 거죠? 라고 말하면 다들 서른 살을 맞이하는 것을 두려워하는 서른 살 여자의 몸부림으로 볼 테다. 게다가 엄마와 남동생을 제외하고는 이 사건을 전할 만한 사람도 없다. 엄마를 의미심장한 눈빛으로 쳐다봤지만 아까부터 고개를 숙이고 냉이를 다듬고 있었기 때문에 알아차리지 못하는 것 같았다. 할 수 없지.

　일단 식탁 앞에 앉아 동근이가 차려 놓고 나갔을 것이 분명한 아침밥을 먹기 시작했다. 쌀밥에 건새우가 든 미역국, 고등어구이. 딴에 내 생일이라고 제법 신경을 쓴 모양이었다. 그나저나 나는 생선을 좋아하지 않는데 이 고등어는 어떤 연유에서 내 생일의 아침상에 놓여 있는 것일까. 고등어를 좋아하는 누군가는 동근이일까, 아니면 서른 살의 나일까. 확실히 스물여섯의 나는 아니다. 미역국을 뒤적여 봤지만 소고기는 단 한 점도 발견되지 않았다. 나는 건새우가 마음에 들지 않는다. 동물의 살이라는 생각이 들지 않는다. 그저 적당히 보존된 미라 같은 느낌을 주는 어떤 박제품. 박물관에서 날 법한 냄새를 풍기는 두 번 죽어 버린 생물―이었던 것. 건새우도 내가 마음에 들지 않을 것이고 나도 그 사실을 알고 있다.

아주 오래전에 미역국을 먹는 여자가 나오는 영화를 본 적 있다. 여자는 울면서 미역국을 퍽퍽 떠먹는다. 여자의 얼굴에 범벅되어 있는 액체가 눈물인지 콧물인지 혹은 미역국인지 알 수 없다. 여자는 얼굴을 훔치면서도 쉴 새 없이 미역국을 꾸역꾸역 삼켜 낸다. 영상은 허술하고 결말은 엉성

했지만 그 장면만은 아직까지도 내 뇌의 한 부분에 끈질기게 달라붙어 있다. 나도 그 여자처럼 울면서 미역국을 먹어야 하는 것은 아닐까, 생각했지만 그 정도로 슬프지는 않았기 때문에 그냥 침착하게 식사를 하기로 마음먹는다. 아, 그러고 보니 서른 살의 나는 직장이 있나?

　—엄마, 오늘 나 출근해?
　—지난달에 그만뒀잖아.
　—그런가.
　—그래. 부장을 공기총으로 쏘고 싶다면서.

　스물여섯의 나에게는 직장이 없었다. 어중간한 대학을 어중간한 성적으로 막 졸업한, 어중간하게 둥둥 떠 있던 인간이었을 뿐이다. 그렇다면 나는 어떤 직장을 언제, 어떻게 들어간 것일까. 엄마한테 물어보고 싶었지만 그냥 입을 다물기로 했다. 대신 내가 다녔을 직장과 나는 모르지만 나를 알고 있을 직장 동료들에 대해 생각했다. 직장 동료들은 어떤 사람들이었을까. 나를 어떤 사람으로 인식하고 있을까. 나는 왜 부장에게 공기총을 쏘고 싶어 했나. 어쩌면 이미 쐈을지도 몰라. 잠시 이마 정중앙에 총알이 박힌 채 어느 황야에서 곪아 가고 있을 부장의 시체에 대해 묵상했다. 기억 속에 존재하지 않는 사람이기에 구체적인 생김새를 떠올릴 수는 없었다. 다만 내가 정말로 부장을 공기총으로 쏜 것이라면 시체가 경찰에 적발되지 않기를 바랄 뿐이었다.

엄마는 이제 취나물을 다듬느라 바빠 보였다. 적어도 향후 두 시간은 바쁠 것 같았다. 거들고 싶었지만 식사 이후로 몸에 힘이 빠져서 조금 자고 싶었다. 달걀 좀 사다 주렴. 방으로 들어가려는데 엄마가 만 원짜리 지폐를 건넸다. 하는 수 없이 가디건—내 취향이 아닌데, 누가 구입한 걸까—을 걸치고 슬리퍼를 신었다. 현관문을 닫고 십 분 정도 걷자 손목에 소름이 돋아나기 시작했다. 분명히 어젯밤에 『월간 역사』 칠월 호 『히타이트 제국을 파헤치다』를 읽다 잠든 기억이 있건만 오늘의 서점 창가에 진열된 잡지는 온통 삼월 호였다. 오이겐 블로일러의 흑백사진이 표지에 박힌 삼월의 월간역사는 히타이트 제국 같은 것은 아무래도 잊어버린 듯하다. 굳어 버린 손을 소매에 밀어 넣은 채 마트로 향했다. 달걀값은 오천삼백팔십 원으로 어제보다 조금 올라 있었다. 계산대 직원이 아는 체를 해 왔다.

─안녕하세요. 목도리는 다 뜨셨나요.
─목도리요.
─네. 거의 다 하셨다면서요.
─그런가요.
─겨울이 다 가기 전에 완성하셔야죠.

아마도 스물일곱, 스물여덟 혹은 스물아홉의 나는 잘 알지 못하는 마트 계산대 직원과도 일상을 공유하는 붙임성 있는 사람이었나 보다. 게다가 나는 뜨개질을 할 줄 모른다. 이 직원과 관계를 쌓아 오던, 뜨개질을 잘하는 나도 지금의 나와 같은 사람인가? 지난 사 년간의 나는 지금의 나와 전혀 다른 여자일지도 모른다. 그렇게 생각하니 어쩐지 집으로 돌아가고 싶지 않은 마음이 들었다. 하지만 달리 갈 곳이 있는 것도 아니었다.

마트 뒤편으로 돌아가 상가를 가로질렀다. 애매한 높이의 건물들을 지날 때마다 그 사이에 끼어 있는 사람들이 보였다. 문구점과 마사이워킹센터 사이의 골목에서는 교복을 입은 창백한 여자아이가 담배를 꺼내고 있었다. 반대쪽의 구르기운동본부 건물 옆에는 전날 과음했을 것이 분명한 앳된 남자가 전단지 뭉치를 끌어안은 채 바닥을 뒹굴고 있었다. 저 사람들은 왜 굳이 저 좁은 틈에 구겨져 있는 걸까. 어깨가 답답하지 않을까, 하는 생각을 하다 고개를 저었다.

어차피 어느 틈에 끼어야 할지 모르는 갑작스런

서른 살보다는 적어도 어딘가 끼어 있는 사람들이 낫겠다. 어차피 자신의 자리를 찾기 전에는 누구나 어느 틈에 끼어 살기 마련이다. 이제는 그 틈새에 정착하는 사람이 더 많을지도 모르는 일이고. 짧은 거리의 끝에는 다른 가게들보다 한 층 낮고 한 뼘 더 넓은 건물이 있었다.

상무나이트. 28세 이하 출입 금지.

스물여섯의 봄에 지나치며 아, 이 년은 지나야 들어갈 수 있는 데구나. 생각했던 곳이었다. 아직 오후 한 시밖에 되지 않은 탓인지 커다란 유리문 안쪽은 한밤중처럼 어두컴컴했다. 입구 쪽에는 예전엔 새빨간 색이었을 것이 분명한 자줏빛 카페트가 묵직하게 깔려 있었다. 더 어두운 안쪽을 보려 까치발을 든 순간, 문이 힘없이 밀리면서 몸이 카페트 위로 중심을 잃고 쓰러졌다. 무릎이 바닥에 닿자 주변의 카페트에서 먼지가 파삭 피어올랐다. 등 뒤의 문은 닫힌 지 오래였다. 어둠에 적응하려 눈을 몇 번 감았다가 떴다. 무릎을 털고 일어나

'ㅏ' 자가 떨어져 '상무ㄴ이트'라고 적힌 벽면을 향해 걸어갔다. 오른쪽과 왼쪽으로 각각 뻗어 있는 통로를 두고 고민하다 그냥 가만히 서 있기로 했다. 한쪽 길을 선택해야 한다는 법이라도 있나. 가만히 서 있는 것도 선택이지. 벽의 모서리에는 배를 까뒤집은 채 죽어 있는 곤충들이 소복이 쌓여 있었다. 나보다 나이가 많은 것도 있을 것 같았다. 그렇다고 굳이 예의를 차릴 필요는 없어 보였다. 그때 '상무' 쪽의 벽이 불쑥 튀어나오면서 시체들이 내 발 앞으로 밀려왔다. 문을 열고 나온 사람은 중년의 여자였다. 다시 생각해 보니 '무' 밑에 문고리가 달려 있었던 것 같기도 했다.

—뭐니?
—문이 밀려서요.

쨍쨍한 색의 립스틱이 발린 입술에서 튀어나온 목소리는 분명히 남성의 것이었다. 팽팽한 가죽

치마의 사타구니 부분이 툭 튀어나온 것이 갑자기 눈에 들어왔다. 그는 들어와, 라는 말도 없이 내 손을 잡고 문 안쪽으로 끌어당겼다.

답답하도록 좁은 입구와 달리 클럽의 내부는 거대했다. 초등학교 때 너무 넓어서 울음을 터뜨렸던 강당보다도 더 큰 것 같았다. 바닥은 온통 검은색 고무판으로 덮여 있었고 들어온 문의 맞은편에는 넓은 평수에 비해 초라한 규모의 목제 무대가 자리 잡고 있었다. 그는 내 손을 잡고 가장자리에 있는 테이블로 향했다. 유일하게 햇빛이 드는 자리였다.

—어때, 불 꺼진 롯데월드 같지 않니?

나는 고개를 쭉 빼 들고 주변을 살폈다. 의자와 테이블에는 손때가 가득했고 어두워서 잘 보이지 않던 고무 바닥에는 침과 담뱃재의 흔적이 납작하게 달라붙어 있었다. 무대 위에는 회전목마에서

떼어 온 것 같은 생김새의 조악한 말 모형이 위태
롭게 서 있었다. 칠이 벗겨진 말의 갈기를 바라보
다 위쪽으로 시선을 옮겼다. 그나마 화려한 것이
천장에 달려 있었다. 햇빛을 받았다면 여러 가지
색의 빛을 내뿜고 있었을 미러볼은 어둠 속에 혼
자 남겨져 돌멩이 정도의 가치를 지니고 있는 것
처럼 보였다. 롯데월드는 아니고 경주월드 정도
요. 속으로 대답했다.

　—몇 살이니?
　—서른 살이요.
　—너, 갑자기 컸구나.
　—큰 건 아니고 그냥 커졌어요.
　—나도 어제까지는 스물여덟이었는데 오늘 일
어나 보니까 마흔둘이야.

　정말 그렇다는 것인지, 아니면 세월이 그만큼
빨리 흘렀다는 것인지 알 수 없었다. 다만 엄숙함

이 미간 사이에 좁게 모여 있는 것으로 보아 실없는 우스갯소리는 아닌 것 같았다. 그는 내가 대답을 하지 않자 입을 꾹 다물고 조그만 창문 사이로 들어오는 햇볕을 얼굴로 받았다. 얼굴 표면에 얕게 파인 잔줄들 위로 강한 광선이 쏟아졌다. 먼지가 섞인 빛이 얼굴에 뚫린 구멍들 안으로 들어갔다 나오기를 반복했다. 먼지가 아니라 저 사람이 가지고 있던 십사 년간의 묵은 각질들일지도 몰라, 하고 생각했다.

—춤추자.

한참 햇빛을 쬐던 그가 내 손을 잡았다. 그는 내 허리를 잡아 무대에 올려 준 뒤 커다란 앰프 뒤로 돌아가 기계를 만지작거렸다. 빨간 선과 파란 선을 들고 고민하던 그가 두 선을 한꺼번에 앰프에 꽂아 넣었다. 음악이 시작되자 그가 빙글빙글 돌면서 옆으로 다가왔다. 우리는 서로의 반대편 손을 붙들고 회전했다. 딱히 춤이라 이름 붙일 수 없는 행위였지만 우리는 우리 나름의 춤을 추고 있었다. 너무 빠르게 돈 탓에 내가 커튼 위로 처박히기도 했고 발이 엇나가는 바람에 그의 무릎이 기둥에 찍혀 새된 비명 소리를 내지르기도 했다. 우리는 웃지 않았다. 얼굴 근육을 엄숙하게 굳힌 채 공중을 떠다녔다. 우리가 떠오른 것이 아니라 우리를 제외한 모든 것들이 낙하하고 있는 것 같기도 했다. 갑자기 앰프에서 지직, 소리가 나는 바람에 무대 바닥으로 곤두박질쳤다. 그는 내 손을 놓친 후에도 한참 동안 허공을 날아다녔다. 노래는 멈추지 않았다.

씽잉 인 더 레인, 씽잉 인 더 레인….

열네 바퀴를 더 돌고서야 그는 멈출 수 있었다. 나는 이미 목마 옆에 주저앉아 있었다. 그가 다가와 무릎을 꿇고 정좌했다.

―우리, 사라진 십사 년을 위해 묵념할까.

물론 자기는 사 년, 하고 덧붙인 그가 내 얼굴을 살폈다. 우리는 여전히 웃지 않았다. 대신 그의 주머니에서 나온 담배에 불을 붙였다. 양초처럼 담배를 세로로 세울 생각이었지만 두께가 지나치게 얇은 탓인지 뜻대로 잘 되지 않았다. 한참을 애쓰던 그가 고개를 들고 쩍 벌려진 목마의 주둥이에 담배를 꽂아 넣었다. 나도 손을 뻗어 담배를 물려주었다. 두 개비의 담배를 문 목마가 우리를 내려다보고 있었다. 우리는 허리를 꼿꼿이 세우고 앉아 고개를 숙였다. 주인에게만 존재하지 않는 시간들을 기리며. 일동 묵념. 잠깐, 그런데 주인에게만 없는 시간의 주인도 나라고 할 수 있나? 그럼 그 시간은 나를 제외한 모든 사람들의 것이 아닌가. 하지만 나의 시간을 모든 사람들이 찢어 갖는다는 것은.

─계속할 거니?

그의 부름에 고개를 들었다. 아직은 판단하지 않기로 했다. 이렇게 어물쩍 넘어가는 것은 조금 찜찜하지만 할 수 없다. 살아온 날들 중에서는 오늘이 가장 어른의 날이니까. 오늘의 판단 보류는 하루 더 자란 내일의 내가 해결하면 되는 것이다. 모레의 나도 괜찮고. 아니면 글피의 나…. 고뇌하는 사이 벌써 일어난 그가 내 어깨를 건드렸다. 술 가져다 줘? 대답 대신 머리 위의 미러볼을 가리켰다. 알았어. 금방 틀어 줄게. 그는 무대 옆에 난 조그만 문을 열고 총총걸음으로 사라졌다. 천장을 보고 드러누웠다. 아까 너무 많은 횟수의 회전을 한 탓인지 두개골은 그대로인데 뇌의 한 부분만 머리통 속에서 빙글빙글 돌아가고 있는 것 같았다. 곧 미러볼도 징, 하는 소리와 함께 돌아가기 시작했다. 그는 여전히 문 뒤에서 나오지 않았다. 같은 곡이 반복해서 흘러나왔다. 씽잉 인 더 레인. 씽잉 인 더 레인.

그를 기다리는 동안 미러볼에서 나오는 빛의 색

이 몇 가지인지 천천히 세어 보기로 했다. 초록색, 노란색, 빨간색, 보라색. 어? 다시. 남색, 보라색, 초록색… 보라색. 어? 다시. 빨간색… 초록색… 보라색…. 다시… 다시…. 미러볼의 색이 한데 섞여 불타오르는 거대한 구처럼 보였다. 버려진 광야에서 작열하는 울적한 태양 같기도 했다. 이제는 빛이 너무 강해서 눈이 시큰거릴 지경이었다. 시린 기운이 독한 담배 연기와 섞여 뇌수를 녹였다. 골이 흐물흐물해지면서 귀 밖으로 조금씩 흘러나오기 시작했다.

잠깐, 그래서 부장 시체를 어디에 묻었더라?

맨틀과 지각 사이

맨틀과 지각 사이

나, 우루과이에 갈 거야.

평소와 다름없는 날이었다. 경과 나는 언제부턴가 화요일마다 연남동에서 식사를 하고 커피를 마시러 갔다. 메뉴는 쌀국수와 플랫화이트일 때도 있었고, 판체타와 아인슈페너인 날도 있었다. 우리는 지구상의 모든 음식을 맛보기라도 하겠다는 듯 공격적으로 낯선 외국 요리를 하나하나 먹어치워 나갔다.

이번 주 화요일은 예순네 번째로, 오늘의 조합은 치킨 마크니와 밀크티였다. 경은 오늘은 유제품을 마실 만큼의 좋은 상태의 속이 아니라며 아이스 아메리카노를 주문했다. 그것도 더블 샷으로. 유제품보다 카페인에 강한 그녀의 위에 조용히 찬사—비꼬는 것은 아니었다—를 보냈다.

창밖에서는 세 시마다 지나가는 태권도 학원 버스가 경적을 울렸고, 왼쪽 벽에서는 예순네 번째 보는 액자가 작게 흔들리고 있었다. 그 속에는 작위적인 웃음을 띤 긴 머리 여자의 그림이 들어 있는데, 우리는 그 여자가 사장의 옛사랑일 거라고 추측하곤 했다. 중년의 사장은 꽤나 미형의 외모—경은 특히 사장의 매부리코가 요염하다고 했다—로, 원두 자루를 옮길 때마다 그림을 한 번씩 쳐다보는 습관이 있었다. 경은,

—아마 저 여자와 원두 자루를 함께 옮기던 시절이 있지 않았을까. 왠지 밀짚모자 같은 걸 쓰고

말야. 햇빛이 너무 뜨거우니까.

라고 했고 나는 진지하게 고개를 끄덕였다. 요란하게 끝냈겠지. 응, 왠지 그랬을 것 같다. 사실은 저 요염한 매부리코도 이별의 순간에 대차게 얻어맞아서 만들어진 게 아닐까. 사장은 예순네 번째 원두 자루를 옮기면서 그림을 흘끗 올려다봤다. 그림은 지난주와 같은 무표정으로 사장을 내려다보고 있었다. 모든 것이 평소와 같았지만 그녀의 입에서는 전혀 다른 성질의 것이 튀어나왔다. 나는 그때 거의 반수면 상태였다. 내가 이렇다 할 반응을 보이지 않자 목을 큼, 하고 가다듬은 경이 같은 말을 되풀이했다.

두서없는 질문들이 어금니 근처에서 맴돌았다. 언제? 혼자? 왜? 갑자기? 얼마나? 그녀는 조용히 내 어금니 뒤를 넘겨다봤다. 무역 회사에 근무하는 아버지가 해외 발령이 났고, 때마침 나라를 뒤덮은 역병에 질려 버린 온 가족이 이민을 가기로 결정했다고 했다. 잠시 골반을 요란하게 흔들며 삼바를 추고 있는 그녀를 상상하려 했지만 쉽지 않았다. 사분의이 박자. 아 원 앤 투 앤 원 앤 투. 원 원 원, 투에 원. 아, 이건 브라질인가. 그녀는 말을 마치자마자 자리에서 일어났다. 안녕히 가세요. 예순네 번째 보는 종업원이 예순네 번째 인사를 던졌다. 창밖으로 경의 걸어가는 뒷모습이 보였다. 여덟 팔八 자로 움직이는 두 발 위로 벽돌색 치맛자락이 바람에 흔들리고 있었다. 나는 그녀가 갈색 점이 되고 나서야 겨우 입을 열 수 있었다.

—하지만 우리, 우루과이 음식은 먹어 본 적 없 잖아.

연구실로 돌아와도 딱히 할 일은 없다. 이제 출근하는 직원도 몇 되지 않는다. 업무 추진비 사용 내역이 작년 십이월을 마지막으로 공개되고 있지 않는 걸 보면 무언가 잘되어 가지는 않는 모양이다. 잘 돌아가고 있기 때문에 침묵이 지속되는 것일 수도 있고.

　더 어릴 때는 지질학을 공부하면 영화에서처럼 수백 개의 버튼이 달린 탐사정을 타고 지구 속으로 들어갈 수 있을 거라고 생각했다. 인간의 힘으로는 해결할 수 없는, 때문에 누군가가 희생되어야만 하는 위기에 맞닥뜨리는 상상을 하곤 했다. 그런 상황이 온다면 지각의 표면을 딛고 살아가는 인간들을 위해 꼭 스스로를 폭발시켜 그들을 구하리라 마음먹었다. 지하수를 확보하고 산사태 모니터링 프로그램을 구축하는 것도 인류를 보호하는 방법 중 하나라는 것쯤은 안다. 그러나 나는 인류를 보호하고 언젠가 내 몸을 던져 그들을 직접 구한 후 시신으로서 칭송받을 날이 오리라는 것을 믿고 있었던 것이다. 하지만 나 대신 여자 친구가 우루과이로 탐험을 떠났고, 나는 그대로 책상 앞에 앉아 습곡 구조 모형 따위를 만지작거리고 있었다. 조르주 바타유의 말마따나, 결국 고요하고 따분하게 전율하는 사람인 셈이다.

먼지가 쌓인 지구본을 집어 들고 의자에 앉았
다. 다른 직원이 앉았다 간 모양인지 의자 시트에
서 불쾌한 온기가 느껴졌다. 지구본에 손가락을
가져다 대고 우루과이를 찾았다. 한국의 정반대에
위치한 나라다. 차라리 다른 나라라면 아무리 멀
어도 아, 그래도 우루과이보다는 가까우니까, 우
루과이보다는 낫지, 라며 합리화라도 할 수 있지
만 이건 뭐 위로의 여지도 없다. 지구본을 잡은 손
끝에 힘을 주었다. 지구본의 중간에 위치한 이음
새가 조금 벌어지며 캄캄한 내부가 드러났다. 언
젠가 경이 이런 말을 한 적 있었다.

—나, 어렸을 때 지구본 속에도 외핵과 내핵이
있는 줄 알았어.

—어릴 때니까.

—그래서 어느 날에는 지구본을 열어 봤어. 혹시
라도 용암이 흘러나올까 봐 밑에 수건도 깔았지.

—실망했겠네.

—그랬던가.

나는 그때 경의 호감을 얻으려 기를 쓰고 있던 상태였기 때문에 '지구본 안에 무언가 있을 거라고 생각하다니, 너무 멍청한 거 아냐?'라는 말 대신 맞장구를 칠 수밖에 없었다. 지구본을 흔들면 텅 빈 소리밖에 나지 않는데, 어째서 그런 생각을 했는지 이해할 수 없었다.

텅 빈 소리라, 그것도 소리인가. 어쩌면 경은 그 침묵의 음파들이 흘러 다니는 소리를 들었을 수도 있다. 그 무수한 파장들이 지구본의 내벽에 부딪히는 소리를 들으며 조심스레 수건을 가져왔을 것이다. 아무것도 흘러나오지 않는 지구본을 마구잡이로 때리며 울었을 테다. 나도 우루과이를 한 대 패 주고 싶었다. 할 수만 있다면 말이다.

경은 내 업무와 관련된 이야기를 듣는 것을 좋아했다. 프랭크 버슬리 테일러니, 마르쿠스 카토

니 하는 학자들의 이름들을 엉터리로 외워 놓고는
뿌듯한 표정을 지어 보였다.

—판데아가 아니라 판게아라니까.
—누구 이름이더라.

나는 한숨을 쉬고 엉터리 기억력을 가진 사랑스
러운 연인의 어깨를 감싸 안았다. 아무 일정도 없
는 휴일의 전날이었고, 텔레비전에서는 인기 없는
아이돌이 나오는 인기 없는 예능 프로그램이 나오
고 있었기 때문에 참을성을 가지고 판게아에 대해
설명해 주기로 마음먹었었다.

—백 년쯤 전에, 독일 기상학자가 아주 오래전
에는 모든 대륙이 하나였던 시기가 있었다는 의견
을 제시했어.
—이름이 뭔데?
—알프레트 베게너.

―알프레트 베게너. 알프레트 베게너.

―나중에는 알프레도 비건이니 하는 이름을 댈 거면서.

―아무튼, 그래서.

―그 하나의 대륙을 '판게아'라고 명명한 거야.

―기억났다. 판게아. 판게아.

미국의 지질학자들은 이 이론을 쉽게 받아들이지 못했다. 지질학자 앤드류 코퍼 로슨은 알프레드 베네거의 대륙이동설을 듣고 "나 역시 쉽게 속아 넘어가는 사람 가운데 한 명이다. 그렇지만 이런 말도 안 되는 소리를 믿을 정도는 아니다."라는 말을 남겼다. 지금 내가 경에게 인용하고 싶은 말이다. 나는 반대로 쉽게 속아 넘어가는 사람은 아니다. 그렇지만 그런 말도 안 되는 소리를 믿고 있는 주제에 마땅한 해결책이 떠오르는 것도 아니다.

버튼이 달린 탐사정이 나오는 영화를 틀었다.

어차피 요청된 보고서도 없으니 여섯 시까지는 엉덩이를 붙이고 있어야 했다. 누군가의 욕심으로 인해 지구자기장이 사라진다. 지구는 일 년 뒤 멸망한다는 판정을 받는다—지구도 꽤나 황당했을 것이다—주인공 팀은 마리아나 해구의 해저 지각을 뚫고 지구 내부로 들어간다. 지구 속에서 핵폭탄을 터뜨리기로 한다. 탐사정의 이름은 '버질'이다. '베르길리우스'의 영어식 발음. 단테의 신곡에 등장하는 저승의 안내자. 경은 영화를 보면서,

　—저승에 갈 것을 알면서도 용감하게 도전한다는 의미 아냐? 뭐야, 멋있잖아.

　짝짝, 박수를 쳤다. 하지만 내 생각은 달랐다. 저승에 갈 것을 알고 있다면 저승의 안내자를 앞세우지 않았을 것이다. 그들은 당연하게도 돌아올 것을 고대하면서, 본인들의 희생을 조금 멋쩍어하며, 동시에 우쭐하며 안내자의 등에 올라탔을 것

이다. 그대들이여, 나는 저승으로 갑니다. 그대들을 구출하러 저승으로 갑니다. 물론 그들은 정말로 저승에 가고 싶지는 않았을 테다. 무사히 돌아와 환대받고 모든 것이 잊힌 십 년쯤 뒤, 동네의 소박하고 평화로운 술집에서 그래, 저승으로 고꾸라질 각오로 다녀왔다니까, 하며 잔을 부딪치는 상상을 했을 것이다. 지친 입술로 김빠진 맥주를 들이키며 당신들이 보호했던 모든 일상들을 흘러간 영웅의 시선으로 둘러보고 싶었을 것이다. 그러나 언제나 그렇듯이 돌아오는 것은 주인공뿐이다.

그들은 한 명씩 저승으로 떠난다. 안내자의 부속품과 함께 터져 나간다. 먼 훗날 가족들과 함께 둘러앉아 시시한 주말 프로그램을 시청하면서 와, 그땐 정말 죽는 줄 알았다니까! 라고 외칠 기회도 없이 공중에서 분해된다. 모든 과학들이 그들의 희생을 촉구하고 하데스 강으로 등을 떠민다. 박사는 다음과 같은 대사를 읊는다.

—항상 최선의 추측을 이끌어 내는 것, 그것이
바로 과학이죠.

　밤 열 시 이후에 잠드는 것이 인생의 최종 목적
이라고 생각하던 초등학교 시절부터 과학 경시대
회의 대상은 모조리 내 차지였다. 국어와 영어는
조금 뒤떨어졌지만 수학과 과학만큼은 일등을 놓
쳐 본 일이 없다. 잡음이 심한 교실 스피커로 삼 학
년 육 반 누구, 교장실로 내려오세요, 하는 소리가
들리면 나는 최대한 아무렇지 않은 표정으로 아이
들의 탄성을 들으며 계단을 꾹꾹 밟아 내려갔다.
교장실은 일 층이었다. 저화질의 방송부 카메라
앞에서 역시나 아무렇지 않은 표정을 지으려 애쓰
며 상장을 받았다. 조악한 카메라를 만지작거리던
여자아이만이 나의 위대한 천재성에 관심을 보이
지 않았다. 그저 길쭉한 몸을 굽혀 초점을 맞추고,
녹화를 누르고, 학교의 모든 스크린에 내 거만한
얼굴이 뜰 수 있도록 버튼을 만지작댈 뿐이었다.

나와 눈이 마주칠 때마다 저게 뭐 별거라고, 속으로 말하는 게 표정에 드러났다. 교장실에 불려갈 때마다 머리가 벗겨진 교장보다 눈을 내리깐 적갈색 머리칼의 여자아이를 바라보는 일이 잦아졌다. 시선은 머리로, 머리는 마음으로 옮겨갔다. 초등학교를 졸업할 쯤에야 겨우 말을 걸 수 있었다.

—나, 알지?
—어.
—나 상장 많이 받았는데. 교장실도 많이 갔는데.
—그래. 너, 뺨에 점이 있더라. 오른쪽.
—맞아. 너는 눈동자 밑에.

그 뒤로 우리는 자라나는 시간을 공평하게 나눠 가졌다. 내가 공들여 푼 과학 문제를 들이밀면 경은 진저리를 치며 공책을 밀어냈다. 경의 수학 공부와 과학 숙제는 모두 내 몫이 되었다. 대신 경은 끊임없이 뭔가를 들여다봤다. 이름 모를 흑백 영화일 때도 있었고, 낯익은 배우가 나오는 낯선 영상일 때도 있었다. 앞자리 아이의 셔츠 무늬를 한참이나 들여다보기도 했다. 그것도 그녀에겐 영화였을까. 나는 한 번도 작품의 이름을 물어보지 않았다. 경은 연필을 사각이는 내 옆모습을 카메라에 담았다. 사진을 찍을 때의 경은 한쪽 눈이 찡그려져서 윙크를 하는 것처럼 보인다. 수천 번을 봐도 그 윙크는 권태 없이 사랑스럽다.

나는 변함없이 자라났다. 과학 분야의 우등생들이 모인다는 대학에서도 출중한 학생이라는 평을 받았다. 확실히. 둔재들 사이의 수재였다. 그들이 교재를 들고 다닐 때 나는 보란 듯이 빈 가방을 메고 다녔다. 과학만큼 쉬운 것이 없었다. 최선의 추측은 최선의 추측을 낳았고 추측에 추측을 거듭하다 보면 결론이 도출됐다. 명확한 결론이 존재하지 않아도 가장 오차 범위가 작은 답을 적어 넣으면 그만이었다. 그렇지만 우루과이는 최선의 추측이 아니었는데. 아까 경에게 물어볼 걸 그랬나. 내가 범한 오차는 무엇이냐고. 이렇게.

탐사정은 맨틀을 지나던 도중 비어 있는 수정 동굴로 떨어진다. 지각 밑의 지각에 다다른다. 적막하다. 어둡다. 산책하기 좋은 곳이다. 바람이 통하지 않는 공간에서의 산보는 그야말로 안전에 안전을 거듭한 적막이다. 누군가의 눈알을 뽑아 굴린대도 전혀 이상하지 않을 정적의 상태. 그 길을 열망하며 걸은 적이 있었다. 언젠간 경과 함께 지구 속 그 길을 걸으리라 믿었다. 그러나 우루과이라는 곳은.

국기처럼 애매한 웃음을 띤 태양이 뜰 테다. 태양의 쩍 벌린 아가리에서는 노란 물이 떨어지고 파란색 흰색 줄무늬를 입은 사람들이 그 물을 머리에 적신 채 뜀박질을 할 테다. 동방인들이여, 조국이 아니면 죽음을. 경은 동쪽 나라의 주민이 될 테고 나는 반대편 동쪽 나라의 주민으로 남아 조국과 죽음 따위는 뒤로 밀어 둔 채로 같은 영화를 반복해서 트는 시시한 사람이 될 테다. 그럴 수는 없었다. 그렇다고 뾰족한 수가 떠오르는 것은 아니었다. 그냥, 그럴 수는 없었다고. 그런 말을 떠올렸을 뿐이다.

견딜 수 없을 때는 걷는다. 숫자와 범위의 계산으로 풀리지 않는 일이 일어날 때는 걷는다. 그것은 '화날 때 걷는다'라는 말처럼 들릴 수 있지만 그저 견딜 수 없을 때 걷는 것일 뿐이다. 견딜 수 없다는 건 무슨 조치를 취하든 달라질 일이 없다는 것이다. 그렇기 때문에 걷는다. 앞으로 쭉 걷는다. 옆으로는 가지 않는다.

연구소 뒤편의 철물점은 한산했다. 수십 년 전쯤 갈았을 것이 분명한 전구는 먼지로 뒤덮인 건지 스스로 빛을 낼 힘을 잃은 건지는 몰라도 실외의 햇빛만큼도 못한 광을 내고 있었다. 그저 전구의 플라스틱 재질이 낼 수 있는 윤기 정도의, 그런

미미한 광. 다 늘어진 러닝셔츠를 입은 노인은 허리를 숙인 채 그가 가 보지 못했을 것이 분명한 이국의 다큐멘터리를 시청하고 있었다. 일부러 큰 보폭으로 걸으며 인기척을 냈다. 노인이 주름진 목을 접으며 뒤를 돌아봤다.

　─삽이 필요합니다.

　엉겁결에 말했다. 삽을 사러 왔습니다, 삽을 좀 보려고 합니다, 도 아닌. 삽이 필요합니다. 노인은 오른쪽으로 손가락을 쭉 뻗었다. 자글거리는 손마디를 한 번 보고 자르지 않은 긴 손톱을 한 번 보고 나서야 손가락이 향하는 곳으로 눈을 돌릴 수 있었다. 나사가 용도별로 분류되어 있는 선반 옆에 중간 크기의 삽이 하나 세워져 있었다.

　─판매용이 아닌 것 같은데요. 저는 좀 더…
　─그냥 가져가. 파는 삽은 없어.

내 말대로 삽 곳곳에는 지구의 어디에서 묻어왔
는지 모를 흐물텅거리는 덩어리들이 묻어 있었고,
손잡이 부분은 꽤나 오래 잡지 않았는지 먼지가
쌓여 있었다.

—예전에 그 삽을 가지고 깊은 곳에 다녀왔지.
—어느 깊은 곳에요.
—아주 깊은 곳.
—그러니까 어디 깊은 곳이냐는 말예요.
—자네가 발 디디고 있는 곳. 더 깊은 곳. 그보
다 깊은 곳.

노인이 얼마 남지 않은 이를 드러내며 미소를
지어 보였다. 노인의 입 안은 아주 캄캄해서 노인
이 말하는 깊은—그보다 깊은—곳을 연상시켰다.
저렇게 검은 입을 가진 사람은 정말로 그렇게 깊
은 곳에 다녀온 걸까. 나는 삽을 들었다.

걷는다. 우루과이에서 녹아내리는 태양을 받아 마시며 뛰어다니는 사람들을 카메라에 담을 경을 떠올리며 앞으로 걷는다. 뒤로는 가지 않는다. 뒤꿈치부터 땅을 세게 차고 나머지는 살짝 내려놓는다. 예전에 경과 텔레비전을 보다가 모든 땅을 밟고 다니는 남자가 나오는 다큐멘터리를 본 적이 있다. 말 그대로 '모든 땅을 밟고 다니는 남자'. 남자는 보도블록을 하나하나 신중하게 밟았다. 남자가 한 블록을 지나는 데 걸리는 시간은 거의 삼십 분이 넘었다. 옆으로, 앞으로, 밟지 않은 땅이 남아 있으면 다시 뒤로. 왜 그렇게 걸어 다니세요, 하고 피디가 심드렁하게 물었다. 남자가 웃으며 대답했다. 세상에 내가 못 밟아 본 땅이 있다는 게 분해서요. 잔뜩 접힌 눈꼬리 위로 땀이 뚝, 하고 떨어졌다.

걸음을 멈췄다. 볼에 땀이 뚝, 하고 떨어졌기 때문은 아니다. 더 이상 나아갈 곳이 없었다. 내가 걸어온 길을 제외하고는 사방이 막힌 공터였다.

당혹스러운 얼굴로 뒤를 돌아봤다. 저 멀리서 경의 웃음소리와 맨틀이 끊임없이 흘러가는 소리 그리고 지구가 몸을 굴리는 진동음이 들려왔다. 삽을 들었다. 땅을 파고 파다 보면 맨틀이 나올 테다. 지각을 들어내면 맨틀이 있다. 그 주황빛을 띠는 점성이 있는, 설명할 수 없이 뜨거운 액체 속에 누워서 눈을 감고 잠시 잠에 들기로 했다. 점성이 있는 액체는 아주 느릿하게 흘러간다. 유리도 그렇다. 그러니 오래 걸릴지도 모른다. 내가 지금까지 호흡한 날들보다 더 긴 시간이 걸릴지도 모른다. 그러나 나는 땅을 판다. 지각을 들어내고 맨틀을 찾기 위해. 백만 년보다 길게 잠든 후에 우루과이에 도착해서 눈을 뜨기 위해. 맨틀은 흐르고 나는 철물점의 노인만큼 검은 입을 가진 채 태양이 가장 주의 깊게 내려다보는 나라에 도착할 것이다. 오차 범위가 없는 만남을 위해 땅을 판다. 견딜 수 없을 때는 그렇게 한다. 견딜 수 없다는 것은….

삽 끄트머리가 시멘트에 부딪혔다. 왜 흙 밑에 시멘트가 있지. 시멘트 위에 흙이 있어야 하는 거 아닌가. 모든 게 거꾸로 가는군. 바다는 육지를 덮고, 정치인들은 내려가고, 아이들은 죽고, 예술가들은 살아가고. 경은 우루과이로 가는 거고. 삽을 내팽개치고 구덩이 속으로 몸을 던졌다. 귀에 닿는 시멘트의 냉기가 의아하게도 약간의 흥분을 불러일으켰다. 견大 자로 누웠다—대大 자로 누웠다고 할 수도 있겠지만 내 머리 옆에는 삽이 있으니 견, 이라고 해도 괜찮겠지—거꾸로, 그래 거꾸로. 반대로. 우루과이의 경과 대한민국의 나는 아주 오래, 어쩌면 이백 년 넘게 거꾸로 걷게 될지도 모른다. 내가 바르게 서 있을 때면 경은 물구나무를 서 있겠지. 혹은 그 반대거나. 시멘트 사이로 스며 나온 주황색 액체가 스물스물 몸을 감싸 왔다. 따뜻하다. 기포가 터지는 소리가 들린다. 주황색 냄새가 난다. 이마에 땀이 맺힌다. 그러나 일어나지 않는다. 계속 누워서, 누워서 이 맨틀에 몸을 감싼

채 계속 흘러가고, 흘러가고 영겁의 시간이 지난
후 일어나면 경을 만날 수 있겠지. 아니다, 우루과
이를 지나쳐 다시 한국으로 돌아오면 어떡하지?
엉뚱한 곳으로 밀려간다면? 우루과이에 멀쩡하게
도착했는데 경이 한국으로 돌아온다면?

그냥 웃고 말았다. 에이, 씨발. 나도 모르겠다.

거　　　울

거울

거울에 왼팔이 빠졌다.

정신을 차려 보니 손끝부터 어깻죽지까지의 부분이 거울에 들어가 있었던 것이다. 그러나 거울 속에는 들어간 팔 대신 나처럼 어깨를 거울에 가져다 댄 채 눈을 끔벅이는 소심한 인상의 남자만이 서 있을 뿐이다. 조심스럽게 팔을 움직이며 손을 쥐었다 폈다. 아무것도 잡히지 않는다. 팔에 닿는 공기의 흐름은 방 안의 그것과 동일하다. 그렇다면 내 팔은 지금 어디에 있단 말인가. 거울에 흡수되어 버린 것인가. 이것을 흡수라고 표현해도 좋을지 고민하다 조금 억울한 마음이 들었다. 아무리 생각해도 거울에 팔이 빠진 이유를 알 수 없었다. 가로 사십오 센티미터 세로 육십 센티미터의 이 원목 거울은 사 년 전부터 집에 걸려 있던 것으로, 그동안 평범한 거울의 역할을 충실하게 해내고 있었다. 이 거울이 내 팔을 집어삼킬 만한 이유가 도대체 무엇이란 말인가.

결혼식이 닷새밖에 남지 않은 목요일이었다. 최근 두 달 동안 같은 일상이 반복되고 있었다. 정희와 함께 드레스를 고르고—도대체 유백색과 지백색은 무슨 차이가 있는 걸까—청첩장을 만들고, 하객 리스트를 작성했다. 오늘은 정희의 부케를 고르는 날이었다. 정희에게 나는 꽃에 대해 아는 것이 없으니 알아서 보기 좋은 것으로 고르라고 했지만 그녀는 완강했다. 결국 회사에 반차를 내고 그녀를 따라 요즘 예비 신부들 사이에서 가장 인기가 좋다는 꽃집을 찾았다. 정희는 도착하자마자 신난 듯 연신 이 꽃 저 꽃을 들었다 놓았다 하며 어지럽게 돌아다녔다. 나는 벽에 기대선 채 온갖 색의 꽃 더미에 파묻혀 있는 정희의 등만 물끄러미 쳐다보고 있었다. 나를 돌아본 정희가 그제야 민망한 듯 애매한 웃음을 지어 보였다. 나도 비슷하게 애매한 정도로 손을 흔들어 주었다.

정희와 사귄 지 이 년이 넘어가지만 여전히 우리 사이에는 서먹한 느낌이 있었다. 서로를 아끼지 않는다거나, 사춘기 아이들처럼 괜스레 손이 스치면 화들짝 놀라며 쑥스러워하는 것은 아니었다. 하지만 분명히 무언가가. 지나치게 평범한 이름들의 조합에서 오는 듯한, 혹은 잊혀 버린 관광지의 빛바랜 표지판과 같은 어설픈 무언가가 항상 우리의 머리 위를 둥둥 떠다니고 있었다. 어쩌면 꼬박꼬박 존대하는 정희의 말버릇이나 낯부끄러운 언사를 기피하는 나의 성격 때문일 수도 있겠다. 플로리스트에게 한참 설명을 듣던 정희가 저기! 하고 외쳤다. 둘 중에 뭐가 더 예뻐요? 정희의 오른손에는 분홍빛의 큼지막한 꽃이, 왼손에는 자잘한 푸른색 꽃묶음이 들려 있었다. 둘 다 괜찮은데. 정희는 그럴 줄 알았다는 듯 한숨을 쉬고는 다시 꽃을 뒤적거렸다. 나는 어쩐지 멋쩍어져서 뒤로 한 발 물러나 꽃을 세심하게 살펴보는 흉내를 냈다. 정희는 한 시간을 넘게 고민한 끝에 결국 아무 장식도 달리지 않은 화이트 칼라calla를 골랐다. 화이트 칼라라니, 완벽하게 정희다운 선택이라는 생각이 들어 웃음이 조금 나왔다. 정희도 만족스러운 웃음을 지었다. 잠시 아무 말 없이 꽃을 만지작거리는 정희를 바라봤다. 나와 닷새 뒤 결혼할 여자가 이국적인 모양의 꽃을 뺨에 댄 채 나를 올려다보고 있었다. 그 모습이 어느 때보다도 낯설어 보여 덜컥 겁이 났다. 정희는 내가 지루해한다고 생각했는지 꽃을 내려놓고 내 팔에 손을 끼워 넣었다. 이제 가요.

정희를 집에 데려다준 뒤 집 앞 편의점에서 맥주 한 캔을 사 들고 집으로 돌아왔다. 편한 옷으로 갈아입자마자 급하게 맥주를 땄다. 처음에는 턱시도에 달린 리본의 광택에 대해 생각했다. 다음에는 정희가 입을 탁한 색감의 드레스에 대해. 아마 여섯 번째 드레스였던가. 내 눈에는 세 번째 혹은 다섯 번째 드레스와 똑같아 보였고 또 일곱 번째 드레스도 그럴 것 같아 그냥 그때쯤 고개를 끄덕였던 것 같다. 치맛자락에 던져지는 말라비틀어진 대추를 받으려 힘을 줄 정희의 창백한 손끝에 대해서도 생각했다. 맥주는 금세 동이 났고 마지막 한 방울이 식도를 타고 내려가는 순간 나는 그만 겁이 나고 말았다. 분명히 사랑하지만 어딘가 어색한 신부와 그저 그런 예식장에서 그저 그런 턱시도와 촌스러운 드레스를 입고 서 있을 우리, 애매한 위치의 신혼집, 어딘가 균형이 맞지 않는 인테리어. 이도 저도 아닌 결혼의 한복판에 서 있는 심정은 몹시도 초조하고 심란한 것이었다. 참을 수 없는 불안감에 눈을 질끈 감았다 떴다. 바로 그때였다. 눈을 떠 보니 어처구니없게도 거울에 팔이 빠져 있었던 것이다. 분명히 바닥에 앉아 있었던 몸은 어느새 거울 앞에 붙어 선 채였다. 식은땀이 목덜미를 타고 흘러내렸다. 여기서 내가 팔을 빼면 어떻게 되는 거지? 팔이 사라져 있는 것은 아닐까? 그렇다면 팔이 없어진 경계에는 뼈와 근육이 적나라하게 드러난 단면이 있을까, 아니면 원래부터 팔이 없었던 것처럼 깨끗한 피부가 감싸고 있을까? 그건 좀 뻔뻔하군. 이런저런 생각을 하다가 스스로가 한심해져 충동적으로 어깨를 잡아 빼고 말았다.

팔은 아무런 저항도 느끼지 못한 채 무사히 빠져나왔다. 무사히? 양팔을 앞으로 쭉 뻗었다. 내가 입고 있는 니트의 팔꿈치 부분에는 하얀 토끼가 그려져 있다. 오른팔의 토끼는 그대로 팔꿈치 위에 있다. 하지만 왼팔은? 팔을 살짝 뒤틀자 팔이 접히는 안쪽 부분에 자리 잡은 토끼가 나를 향해 환하게 웃는 모습이 보였다. 손 부분도 어딘가 이상했다. 뭐라고 집어 설명하기는 어려웠지만 전체적으로 뒤틀린 느낌을 주고 있었다. 손과 팔을 몇 번이나 돌려 본 후에야 깨달을 수 있었다. 왼팔이 좌우로 뒤집혔다.

여보세요? 당황스러운 나머지 무작정 전화를 걸긴 했지만 막상 전화를 받은 정희에게 뭐라 설명해야 할지 몰랐다. 팔이 거울에 들어갔다 나오더니 틀어져 있었어? 팔이 도치됐어? 팔이 역전됐어? 나는 정희가 여보세요를 성이 난 목소리로 일곱 번쯤 반복하고 나서야 입을 열 수 있었다.

—저기… 늦은 밤에 전화해서 정말 미안한데, 나, 팔이 돌아갔어.
—무슨 뜻이에요?
—말 그대로야. 왼쪽 팔이 돌아갔어.

—돌아갔다고 하는 건 부러졌다는 건가요?

—그런 게 아냐.

—그럼.

—지금 와 줄 수 있어?

정확히 이십팔 분 뒤에 초인종이 울렸다. 정희
가 정말로 와 준 것이다. 정희는 들어오자마자 내
왼팔을 잡아 올렸다. 손을 잡아 흔들고 팔도 여러
번 들었다 놨다. 툭 튀어나온 어깨뼈와 목울대도
통통 두드렸다. 왼팔과 오른팔의 토끼들도 유심히
들여다봤다. 손목을 이리저리 돌려 보던 정희가
미간에 주름을 잡았다. 그러지 마. 잡히지 않은 손
을 들어 구겨진 부분을 꾹꾹 눌러 주었다. 다행히
손을 뗐을 때는 주름이 사라져 있었다.

—팔이 돌아갔네요.

—알고 있어. 주스 마실래?

—하지만 팔이 돌아간 사람 앞에서 주스를 마시

는 건 실례가 아닌가 해서.

—파인애플 주스야. 가져다줄게.

정희가 고개를 끄덕였고 나는 냉장고에서 주스
가 담긴 유리병을 꺼냈다. 냉장고가 잘 작동하지
않는 모양인지 주스는 미지근했다. 아무래도 차갑
지 않은 주스는 내키지 않아 정희에게만 잔을 건
넸다. 시곗바늘이 벌써 새벽 한 시 삼십사 분을 가
리키고 있었다. 정희는 아예 자고 갈 작정을 하고
온 것 같았다. 발등을 덮은 얇은 잠옷 바지에 네
잎 클로버가 그려져 있었다. 정희는 주스 두 잔을
순식간에 비우고 다시 내 팔을 잡았다. 아야, 아
파. 팔이 앞쪽으로, 다시 뒤쪽으로 뒤틀렸다. 정희
는 내 우는 소리에도 아랑곳하지 않고 손에 힘을
주었다. 이번에는 나도 오른팔로 침대 기둥을 붙
잡은 채 고통을 견뎠다. 정희의 매끈한 이마에 자
줏빛 반점들이 생겨났다. 한참 동안 팔의 위치를
돌려놓으려 애쓰던 우리는 결국 침대 위로 쓰러졌

다. 남색 시트 위로 붉게 부어오른 손과 어깨들이 힘없이 늘어졌다.

　―나, 장인어른 헹가래 쳐야 하나?

　―우리 아빠는 바다사자보다 무거워요.

　―하지만 내가 갔던 결혼식의 신랑들은 다 그렇게 하던데.

　―병원에 가 볼까요? 그럼 팔을 완전히 뜯어서 원래의 위치에 붙여 주지 않을까요?

　―차라리 팔을 없앤 채로 살겠어. 그리고 결혼식 때 헹가래 쳐 줄 사람을 따로 고용하는 거지.

　―그럴까요.

　―너는 괜찮아?

　―뭐가요.

　―나, 지금 반대의 팔이잖아.

　―반대의 팔보다는 반대쪽 팔이 들기에 낫지 않을까요? 아니면 좌우 반전 팔이라든가.

　―그래, 반대쪽 팔의 신랑이라도 괜찮아?

—어차피 결혼식 때는 장갑을 끼는걸요.

정희의 말을 들으니 이 상황이 아무래도 좋을 것으로 여겨졌다. 평소 같았으면 장갑이 있어도 팔은 그대로 돌아가 있잖아, 그게 무슨 소용일까, 라는 생각이 들었겠지만 나는 이미 반수면 상태에 진입해 있었기 때문에 모든 것이 매우 자연스러운 것처럼 여겨졌다. 원래 꿈속에서는 열 손가락이 뽑혀 손바닥에 꽂히더라도 마치 그것이 태초부터 그래왔던 것처럼 설정되는 법이다. 그리고 실제로도 정희는 정말 아무렇지 않은 것 같았다. 그래, 사실 팔 하나 돌아간 정도는 아무 일도 아닌 걸지도 몰라. 태평한 생각을 하며 눈을 감았다. 벽에 걸린 시계에서 뻐꾸기가 나와 두 번 울었다. 거국 거국.

아침에 일어나 보니 거울은 언제 그랬냐는 듯 멀쩡하게 돌아와 있었다.

인어 페트라

오랜 시간 비슷하게 하얀 것들만 보며 지내 온 인어 페트라가 있었다. 그녀의 세상과 인간의 세상 사이에는 바다 두 개가 있다. 지상으로 올라가려면 깊고 깊은 바다 두 개를 거쳐야 했다. 반대의 경우도 마찬가지였다.

어느 날 그녀는 위를 바라보다 마음에 드는 아이를 발견했다. 아이는 비참하게 죽은 시체로 천년 동안 인간 세상의 한 자리를 지키고 있었다. 그

녀는 바다와 바다를 지나 아이를—아이의 시체를
—한쪽 팔로 단단히 감쌌다. 바로 돌아가는 것은
무리였으므로 그들은 잠시 바다와 바다 사이에 머
물렀다. 페트라는 정성을 다해 아이의 외관을 멀
쩡하게 되돌려 주었다. 아이는 신선한 시체가 되
었다. 그녀는 아이를 그녀의 세상에 끌어들이기로
마음먹었다.

그녀는 아이의 의지와는 무관하게 다시 생명을
부여받을 수 있는 일곱 가지 고통의 관문에 아이
의 몸뚱이를 밀어 넣었다. 대부분의 관문들은 시
간이 흐르면서 기록이 지워졌기 때문에 그 실체를
알 수 없다. 아마 물고기나 해초, 고대의 파도 같
은 것들과 관련 있는 것들이었을 테지. 마지막 관
문은 얼음이 뾰족하게 솟아오른 두 번째 바다였
다. 아이의 몸이 힘없이 바다를 향해 떨어졌다. 아
이는 얼음의 정점에 몸이 닿기 전 아, 바다다, 중
얼거렸다.

다행히도 아이는 모든 관문을 통과했고, 그녀의

집에서 살기 시작했다. 아이는 말수가 적었다. 인어는 신경 쓰지 않았다. 그러던 어느 날 인어는 그녀의 연인과 아이의 외도 장면을 목격했다. 그녀는 망설임 없이 오랜 시간 함께한 연인의 목을 베어 냈다. 아이는 계속해서 살아갔다.

인어는 밤마다 아이를 눕히고 속삭였다—내가 널 만들었다. 네게 빛바랜 검은 머리를 주고 몸을 다시 구축했다. 네가 아이를 낳으면 그 아이의 이름을 지어 줄게.

마지막으로 본 장면은 그것이다. 이제 그 세상에서 깨어났으니 후에 어떤 일이 일어나는지는 누구도 알지 못할 것이다. 어쩌면 그것이 결말인 채로 영원히 멈춰 버린 것일지도 모르고.

여 학 교

여학교

'그것'이 적발됐다. 사건의 당사자들이 교무실에 불려 갔다. 끝까지 손은 놓지 않았다. 그들을 마주한 중년의 남교사는 이마를 짚으며 오오, 과장된 신음 소리를 냈다. 그들이 믿는 절대자는 동성 간의 '필요 이상의 유대감'을 허용하지 않았다. 그리고 그보다 더한 죄는 에로스적인 접촉이니. 더한 죄와 덜한 죄가 합해지면 어떻게 되는 걸까. 잠시 고민하던 남교사가 입을 열었다.

—정말이니?

　무엇이든 악의가 깃든 존재는 영향력이 크기 마
련이다. 그것이 무형의 것일수록 더. 소문은 빠르
게 퍼져나갔다. 그랬대, 는 누가 그랬대, 로, 누가
그랬대, 는 누가 어디서 언제 그랬대, 로. 그리고
마침내 변하지 않는 문장이 완성되어 사실이 태어
났다. '그녀와 그녀가 키스했대.'
　당사자들은 입을 열지 않았다. 교사가 말하고
있는 정말이니, 라는 말의 주어가 확실치 않았다.
그들도 거의 모든 이야기를 들었다. 복도에서도,
화장실에서도, 심지어 기숙사 방문 앞에서도. 그
들이 기억하는 장소와 시간대, 그들의 연결 고리,
결합, 감정은 실상과 다를 때도 있었고, 얼추 들어
맞을 때도 있었다. 그러나 남교사가 들은 것이 진
실과 얼마나 벗어나 있는 상태인지 그들은 몰랐
다. 그래서 대답을 할 수 없었다. 그들의 침묵을
훔쳐 듣던 옆자리의 젊은 교사가 벌떡 일어났다.

의자가 가슴이 선득해지는 소음을 남기며 나뒹굴었다.

—병균이다. 너희는 병균이야. 악마 같은 것들.

부임한 지 몇 년 되지 않은 교사였다. 가끔 그의 주변에는 패기, 열정, 신앙심 같은 덩어리들이 둥둥 떠다니는 듯했다. 그는 '우리 학교'에 대한 굉장한 자부심을 품고 있었다. 종아리까지 내려오는 단색의 교복 스커트, 아침마다 울려 퍼지는 아카펠라 형식의 찬송가, 경건하게 손을 맞잡고 있는 미사 시간의 학생들, 그리고 그들을 자애롭게 굽어보는 그들의 아름다운 절대자.

—우리 학교에 이런 일은 있을 수 없어.

당사자들 중 한 명이 그의 얼굴을 쳐다봤다—그녀를 A라고 칭하겠다—그는 당사자의 눈길이 닿는 것만으로도 더럽다는 듯 씨근덕대며 뺨을 문질렀다. 나머지 한 명은—그렇다면 그녀는 B겠지—처음부터 탁자 위의 교리서를 멍하니 바라보고 있었다. 입과 귀가 닳도록 배우고 익힌 교리였다. 원수를 사랑하라. 인간은 믿음으로 구원받는다. 그를 믿는 자는 영생을 얻는다. 젊은 교사가 다시 입을 열기 전에 먼저 입을 열었다. 최대한 악하다고 여겨지는 단어는 골라내며 정중하게 말했다.

—하지만 우리 학교에는 이미 이런 일이 일어났는걸요. 그러니까 우리 학교에 이런 일은 있을 수 없어, 가 아니라 우리 학교에 이런 일은 있을 수 없었어, 로 정정하셔야지요. 그리고 이런 일이 무엇입니까. 입 밖으로 그 단어들을 직접 꺼내기 어렵다면 제가 대신 말씀드리고 싶지만, 그것들의 존재를 아예 부정하는 분들이시니 그런 선택은 하지 않겠습니다. 곧 수업 종이 칩니다. 이만 교실로 돌아가 보겠습니다.

교사는 B의 자약한 말투와 낯빛에 눈을 부라리며 다시 침을 튀겨 댈 준비를 했다. 그 전에 A가 B의 손을 잡아당겨 교무실을 빠져나오지 않았더라면 B의 뺨에는 아마 커다란 멍이 남았을지도 모르겠다. A는 발을 구르며 비명을 지르고 싶었지만 B가 태연한 미소를 짓는 바람에 힘이 빠지고 말았다. 야. 넌 항상 이런 식이지. 나만 화를 내고 나만 악을 쓰고 나만 너를 건드리지? 나만 너뿐이지? 너는 나 말고도 많지? 너는 무조건 신을 선택할 거지? 나만 그러는 거지. 나만 이렇게 억지 부리는 거지!

B가 A의 뺨을 쓰다듬었다. 더듬더듬 그 손을 찾아 쥔 A가 분한 마음에 눈물을 흘렸다. 이렇게 부드러운 손을 가진 아이한테 병균이니 뭐니, 그런 말을 하면 안 되는 거다. 이런 취급을 받으면 안 되는 거다. 내가 너를 끌어내린 것만 같다. 너는 원래 더 높은 곳에… 더 신성하고… 도무지 그 신성神聖이라는 것이 무엇인지도 모르겠으나…. 추

하게 번지는 눈물을 소매로 닦아 주던 B가 고개를
저었다.

—아니야, 내가 먼저 너를 선택했어.

A는 소문의 근원지를 직접 찾아가기로 결심했
다. 얼마 되지도 않는 쉬는 시간과 점심시간을 이
용해 온 학교를 헤집고 다녔다. 아이들은 고상하
게도 대놓고 혐오감을 드러내지는 않았다. 단지
애매하게 웃는 얼굴로 누구에게 들었어, 혹은 몰
라, 라는 대답을 내놓았다. 물론 몰라, 는 결국 누
구에게 들었어, 로 바뀌었다. 그 전까지 A가 교복
깃을 잡고 놔주지 않았기 때문이다. 그들은 멱살
을 잡혔다는 수치심보다는 A의 손이 그들의 단정
한 셔츠에 닿았다는 사실을 견디지 못하는 것 같
았다. 하지만 아무도 화를 내지 않았다. 그들은 자
애로운 미소를 지으며 다시 옷을 털고, 천을 잡아
당겨 다시 빳빳하게 만들었다. A는 그들의 얼굴을

주먹으로 내리치는 것보다 양손으로 뺨을 감싸는 것이 그들에게 더 폭력적으로 다가올 것이라는 생각을 했다. 하지만 그렇게 하지는 않았다. 그럴 시간에 B의 얼굴을 한 번이라도 더 보러 가야 했다.

차라리 '바깥'에 만연한, 옐로 저널리즘*이 낫다고 생각했다. 여기가 '여기'가 아니었다면. 분명 그랬을 거다. 너네 들었지, A가 B를 꼬여 내서 섹스를 했대. 그것도 학교에서. 우와 씨, 대박. 그런데 B도 남자 친구 있다는데? 임신도 했다는데? 그럼 그거 위로해 주다가 그렇게? 그런데 여자끼리는 어떻게 하는데? 몰라! 우와 씨! 대박. 걔네 얼굴 구경하러 가자. 뭐 이런 식으로. 그리고 시끄럽게 지나갔겠지. 연말 모임처럼 소란스럽고 허탈한 가십을 남긴 채로. A는 쉬는 시간을 마치는 종소리에 다시 교실로 발걸음을 옮겼다. 그렇다면 이게 더 지독해. 형편없고 매섭다. 매섭다. 무섭다.

---

* 독자를 끌어들이기 위해 선정적이고 비도덕적인 기사들을 과도하게 취재, 보도하는 경향.

징계는 없었다. 용서받은 것도, 사라진 것도 아니었다. 그들은 부정당했다. 교사가 내뱉은 말이 현실이 되는 순간이었다. 우리 학교에 이런 일은 있을 수 없어. A는 책상에 엎드린 채 이를 악물었다. '우리 학교'에 '이런' 일은 '없다.' 아니, 없어졌다. 그러나 이런저런 일은 있었고, 절대자의 동상 앞에서 B와 입맞춤을 한 것도 사실이었다. 그러나 그것이 정말 죄라면, 교사가 말하던 것처럼 병균이라면, 악마라면 그 순간 절대자의 커다란 손가락이 우리를 눌러 죽여야 했을 것이 아닌가. 그는 언제나 그랬듯이 그들을 새하얀 눈으로 바라보고 있을 뿐이었다. 그것도 아니라면 절대자를 떠받드는 누군가 우리의 죄를 묻고, 그에 맞는 처분을 내렸어야 했다. 그러나 아이들은 절대자와도 같은 미소를 지으며 그들을 대했고, 교사들은 아직도 그들에게 교리를 가르치고 지식을 제공했다. 그런데도, 그런데도 A와 B는 소멸된 것처럼 보였다. 마치 누군가 뒤늦게 그들의 이름 위에 선을 죽 긋

기라도 한 듯, 분명히 이미 입장했는데도 입장 거부를 당한 상태였다. 그들 위에 짙은 덧칠을 한 손은 누구의 것인가. 우리를 사랑하는 절대자의 따뜻한 손인가, 혹은 얼굴을 가리는 그들의 손인가.

B는 소문의 흔적을 좇자는 말에도, 누군가 친절한 얼굴로 내민 종이에 적힌 아스모데**라는 이름에도 별 반응을 보이지 않았다. 물론 사고 정도는 했다. 악마들 중에서도 하급 악마의 이름을 내어주다니, 실수일지는 몰라도 거짓은 아이들의 입에서 더 많이 흘러 다녔을 텐데. 기러기 다리는 어떻게 생겼더라, 같은 생각들. 물론 입 밖으로 내뱉지는 않았다. 굳이 이 일의 경중을 따지자면 B에게는 경도 아닌 'ㄱ'에 가까웠다. 중보다 무거운 건 너지. B는 쉬는 시간을 쪼개 자신을 보러 뛰어오

** 삼품三品 악마들 중 하나. 유흥관의 총지배인. 실수와 거짓, 방탕의 악마이며, 공예와 기하幾何도 맡고 있다. 머리가 셋 달린(하나는 인간의 머리, 또 하나는 숫양의 머리) 뱀의 형상을 하고 있으며, 발은 두 개인데 기러기 다리처럼 생겼다.

는 A를 보며 웃었다. 아니다, 중보다 중요한 것이 너일까. 아무럼 좋았다. 평소처럼 움직이고 있는 아이들의 눈동자가 몸짓에 비해 지나치게 고정되어 있다는 것도, 복도를 오가는 교사들의 읊조림도 상관없었다. 악마를 쫓는 기도문이려나, 하는 생각을 하며 A의 이마에 맺힌 땀을 닦아 주었다. 그냥, 그 정도였다.

A는 숨이 찰 때마다 새 학기의 첫날을 떠올렸다. 모두가 예배당이라고 부르는 강당에 서 있었다. 아이들은 조금은 들뜨고 조금은 불편한 기색을 내비치며 같은 반이 된 친구들을 확인하고 있었다. 애석하게도 A는 그런 것에는 관심이 없었다. 반이 바뀌고, 친구들이 바뀌어도 다들 복제된 듯한 미소와 몸짓을 보이며 친절한 대화를 나눈다. 그런 것은 소용없다고 생각했다. 사실 A의 첫 기억이 형성된 뒤로 소용없다, 라는 감각은 그녀와 떨어지려 한 적이 없었다. 세상에는 도무지 유

용한 일이라는 게 없다. 인간들의 교류와 어떤 유형 혹은 무형의 존재들은 아무리 생각해도 가치가 없다, 라고 생각했다. 마치 도덕 교과서의 예문에 나—방학 동안 잘 지냈니? 응, 나는 여행을 다녀왔어. 아름다운 산을 구경했지. 정말? 그 이야기 좀 자세히 들려주지 않겠니?—나올 법한 대화들 가운데 서 있는 지금 같은 경우는 더욱 그랬다. 삼학년이 되고 본격적인 수험 생활이 시작돼도 달라지는 것은 없을 것이다. 그렇게 하나하나 따져 내려가다 보면 결국엔 살아가는 것 자체가 소용이 없다, 라는 결론에 다다른다. 사실은 그냥 지루하다는 말이다.

이 학년 대표가 단상에 올랐다. 대표라는 것은 세 가지 조건을 모두 갖추었다는 거겠지. 성적, 신앙심, 순종. A는 고개를 들었다. 잔머리는 단 하나도 허용하지 않으려는 듯 머리를 꽉꽉 틀어 올린 아이가 기도문을 읽고 있었다.

―전능하사… 천지를 만드신… 아버지를 내가 믿사오며… 그 외 아들… 이는 성령으로 잉태하사… 죽으시고… 다시 살아나시며… 앉아 계시다가… 심판하러 오시리라… 몸이 다시 사는 것과… 영원히 사는 것을 믿사옵니다….

A가 습관처럼 입술을 삐죽거리며 에이멘, 하고 중얼거렸다. 기도문이 적힌 종이를 챙겨 내려오던 학년 대표가 그 말을 들었는지 A의 어깨를 툭, 치고 웃었다. A가 습관처럼 어깨를 탁 털고 대표를 노려봤다. 대표는 그저 웃기만 했다. A의 이마에서 울룩불룩, 하는 심술의 소리가 났다.

―너는 영원히 살고 싶냐? 어차피 다 죽어. 기도 믿음 그런 거 다 소용없거든.

뱉어 놓고 스스로도 치졸하다고 생각했다. 마치 초등학생 사내아이가 좋아하는 여자아이를 괴

롭히듯, 논리도 맥락도 없는 악다구니를 친 것 같았다. 별 타격이 없어 보이는 대표의 표정도 한몫했다. A의 얼굴이 붉어졌다. 이러나저러나 유치한 짓이었다. 대표가 미소를 지었다.

—나는 영원히 살아. 나는 알아.

B는 항상 평온해 보였다. 우수하다 못해 범접 불가능한 성적을 확인할 때도, 아이들에게 둘러싸여 '신의 후보생' 대접을 받을 때도, 교사들에게 불려가 온갖 칭찬과 농담을 들을 때도, 심지어 A가 처음 입을 맞춰왔을 때도 B의 표정은 변함없었다. 그래도 손은 놓지 않았다. 다시 입을 맞춰 오기도 했다. 서투른 A의 몸짓과는 달리 B의 입맞춤은 경건하기까지 했다. 그들은 주로 묵상실에 나란히 앉았다. B는 한 시간이고 두 시간이고 같은 자세로 눈을 감고 손을 모았다. 무엇을 위해 기도하냐고, 누구에게 기도하냐고 물어도 B는 묵묵부답이

었다. A는 그 옆에서 핸드폰—물론 금지 품목이다
—을 만지작거리거나 B의 얼굴을 바라보다 잠이
들거나. 이상하게도 A는 눈을 감고 기도하는 B의
얼굴이 그렇게 마음에 들었다. 빈틈없이 묶은 머
리 밑의 새하얀 이마, 속눈썹이 볼에 드리우는 그
림자, 고정된 입술, 맞잡은 두 손. 누구에게도, 심
지어 절대자에게도 느껴 보지 못한 성스러움이라
는 것이 뭔지 조금 알 것 같기도 했다. 아무튼 그
들은 그렇게 지냈다. 걷고, 이야기하고, 가끔은 입
을 맞추면서.

아직도 그렇게 지낼 수 있어. A는 땀을 닦으며
B의 손을 잡았다. B의 손바닥에서 종이 조각 같은
무언가가 걸리적거렸다. 이리 줘 봐. B가 쥐고 있
던 쪽지의 내용을 확인한 순간 A의 얼굴에 핏기가
가셨다.

—아스모데라니, 아스모데라니!

—목소리 낮춰.

A의 손에서 쪽지가 구겨졌다. 자신에게 아스모데, 라고 적힌 쪽지를 주었다면 아마 코웃음을 쳤을 것이다. 그러나 B는 이런 이름으로 불려서는 안 됐다. 깨어 있는 시간의 반을 기도에 쏟는 아이였다. 언제나 절대자를 바라보는 눈빛에 경외감이 가득한 아이였다. 이건 절대적인 폭력이다. 인간의 신념을 건드리는 짓은 가장 잔인한 법이다. 누구보다도 '선한 절대자'를 사랑하는 아이에게 하급 악마의 이름이 붙여졌다. 그리고 그걸 지켜보기만 할 수는 없었다. A는 이 글씨체와 장밋빛 종이의 주인을 알고 있었다. 그들 일상의 엑스트라 정도로 희미한 아이였지만 환한 미소와 함께 천한 악마의 자리를 B에게 건네주었을 모습을 생각하니 이가 갈렸다.

A는 그만둬, 하며 셔츠 자락을 붙잡는 B를 뿌리치고 위층 복도로 뛰어 올라갔다. 아이들을 밀치

고 끌어내며 B에게 쪽지를 건넨 아이를 찾았다.
우악스럽게 어깨를 잡힌 아이는 A의 얼굴을 똑바
로 쳐다보며 점잖게 A의 손을 떼어 냈다.

―넌 누구에게 들었니, 어? 넌 누구에게 들었어?
대답을 하란 말이야, 어.

복도가 은밀하게 소란스러워졌다. 모두가 일상
적인 행동을 하면서, 이곳을 지나치면서, 창가에
기대어 이야기를 하면서, A를 바라보고 있었다.
뒤틀린 눈깔들. 저 미치광이 사냥꾼들 같은….

―뭘 봐, 뭘 쳐다보냐고. 내가 뭘 했어? 내가 뭘
했어! 씨발, 너네 다 뒈져 버려. 그렇게 환장하는
천국으로 꺼져. 가서 뭐 천사라도 되든가 하라고.
여기서 이러지 말고 바늘 위에서 춤이나 추라고.

아이들이 다가왔다. A가 퍼붓는 악담을 듣고도

A를 미워하는 기색은 없었다. 불만을 가지고 있는 것 같지도 않았다. 그저 가까이, 가까이 다가올 뿐이었다. 느린 움직임이라고 생각했는데도 순식간에 둘러싸였다. 누구도 제게 물리적인 해를 가하지 않을 것을 알면서도 포위당했다, 라는 위협감이 피어올랐다. 굽은 등이 창문에 닿자 A가 제대로 나오지도 않는 숨을 몰아쉬며 쪽지를 건넸던 아이의 멱살을 잡았다. 아무도 말리지 않았다. 고요했다. B한테도 이렇게 했을까. 내가 보지 않는 사이에 이렇게 B를 사냥했을까. 나는 괜찮은데. 나는 괜찮은데 너는 괜찮으면 안 돼. 이런 일을 겪으면서 괜찮다고 생각하면 안 돼. 너는 당하면 안 돼. A는 눈을 얌전히 내리깔고 손을 떼어 내려는 아이의 멱살을 다시 단단히 고쳐 쥐었다.

　—개한테, 왜. 왜 그래. 누가 그러라고 했는데. 누가.

아이가 친절한 미소를 지으며 창문 밖을 가리켰다. 학생식당에서 본관으로 오는 광장에는 똑같은 치맛자락을 똑같이 펄럭이는 똑같은 머리의 아이들이 가득했다. 아이의 손가락은 특정한 누군가를 짚고 있지 않았다. A의 몸에서 힘이 빠졌다. 툭, 하고 상체가 밀린 것 같기도 했다. 갑자기 지난 몇 개월간 잊고 있었던 자신의 신념, 신념이라고는 할 수 없지만 최소한 신조라고 할 수 있는 말이 떠올랐다. 맞아. 그래, 소용없다.

A의 몸이 힘없이, 순식간에 창문 뒤로 넘어갔다. 생이 끝나기 직전 모든 것들이 주마등처럼 스쳐 지나간다고 했던가. A는 몸이 거꾸로 들리기 전 최대한 '모든 것'을 기억하려 고군분투했다. 소용 없던 짧은 생에 유일하게 소용 있었던 것을 기억해야 했다. 고결함과… 석고상 사이 그 어딘가 머무르는 향기, 창백한 손끝, 머리를 고정시키는 고무줄, 그날 나를 보며 웃던… 실제의 몇 곱절은 될 것 같은 시간이 흐른 후에야 퍽, 하는 소리

와 아이들의 소프라노 비명 소리가 울려 퍼졌다. 아이들은 소리를 질러 대면서도 호기심 가득한 눈동자로 A의 최후를 담으려 애썼다. 교사들이 달려 나와 아이들을 제지시켰다. 뒤늦게 도착한 B는 머리가 산산조각 난 A의 사체를 보고도 아무 말도 하지 않았다. 정말 아무 말도.

B는 원체 대답을 잘 하지 않았다. A의 질문 세 개에 한 번 답해 주는 정도였다. A를 무시함이 아니라, 과도할 정도로 신중하게 생각하고 대답하는 습관 때문이었다. 그 과정 속에서 일 순위로 중요한 질문 외의 다른 문장들은 B의 머릿속에서 사라져 버리고 말았다. 그러나 A는 그 사실을 잘 모르는 것 같았다.

—진짜 믿어? 뭘 기도하는데? 뭘 바라는데? 내가 해 줄 수 있는 거야? 어?
—아니.

—진짜 재미없어.

—재미로 하는 건 아니니까.

—아, 진짜 싫어. 나랑 그냥 좀 놀아 줘.

—조용히 해 줘.

—진짜 미워.

싫다고, 밉다고 인상을 찌푸리면서도 A는 B의
손을 놓지 않았다. 기분이 좋은 날이면 앞뒤로 흔
들기까지 했다. 손을 잡는 행위를 눈여겨보는 사
람은 없었다. 순수하고 청정한 여학우들 간의 '건
전한' 우정이란 마치 절대자의 품속에서 피어난 한
송이의 하얀 꽃과도 같다고—A는 이 말을 들었을
때 구토하는 시늉을 해 보였다—교장이 열변을 토
한 적 있었다. 교내에 손을 잡거나 팔짱을 끼고 다
니는 아이들은 많았다. 입맞춤, 그래. 입맞춤이 문
제였다.

교무실에 불려갔던 날 저녁, 묵상실에 가려던

그들은 발길을 돌릴 수밖에 없었다. 소문의 육하원칙 중 '어디에서'의 팔 할 정도가 묵상실을 가리키고 있었다. 묵상실에는 기숙사에 사는 아이들이 자리를 꽉 채우고 앉아 기도를 하고 있었다. 기도일까. 그들은 약속이라도 한 듯 두 손을 모으고 고개를 숙이고 있었다. 하지만 눈동자는 문을 향한 채였다. 번들번들. 미끌거리는 눈알들. 비겁한 사냥꾼들. 이런 식이라 이거지. A는 투덜대며 B의 손을 잡아끌었다. 적당한 장소가 있었다.

학교는 총 다섯 개의 건물로 이루어져 있다. 교실이 있는 본관, 급식실과 도서관이 있는 제2별관, 묵상실과 강당이 있는 예배당, 기숙사, 그리고 아무도 찾지 않는 제1별관.

원래는 제1별관이 도서관을 담당하고 있었다. 십 년 전 즈음엔. 그러나 사건이 벌어지면서 건물은 폐쇄되었고, 급식실 건물을 재건축한 뒤 제2 별관으로 명칭을 변경했다. 그 사건의 전말과 중심

내용은 아무도 몰랐다. 그저 어떤 '사건'이 있었다는 것뿐. 아이들도 궁금해하지 않았고 교사들도 입을 열지 않았다. 그렇게 제1별관은 담쟁이덩굴과 함께 얕은 역사 속으로 사라졌다.

그리고 A는 입학하자마자 그 빛바랜 봉새를 깼다. 단지 대피할 곳이 필요했을 뿐이다. 떠밀리듯이 들어온 학교에는 어디에나 절대자의 시선이 존재했다. 아득하게 높은 천장에도, 색종이를 얇게 저민 것 같은 스테인드글라스에도, 아이들의 교복 단추에도 그 시선은 끈덕지게 묻어 있었다. 그러다 별관에 대한 이야기를 들었다. 정확히, 선명하게 들은 건 아니었지만 학교 어디엔가 '절대자가 버린 장소'가 있다고 했다. A는 망설임 없이 학교를 돌기 시작했다. 제1별관은 본관과 운동장을 사이에 두고 바로 좌측에 위치하고 있었다. A는 열심히 학교의 풍경에 대해 떠올리면서 이 건물을 본 적이 있나, 내 시야에 들어온 적이 있던가. 의문을 품었지만 아무리 생각해도 제1별관은 처음

보는 장소였다. 학교 사람들의 외면을 받아서인지, 절대자의 품 밖에 위치한 곳이라 그런지 평소에는 흐릿하게, 실루엣만 느껴지는 정도였다. 그리고 A는 그 사실이 마음에 들었다.

B를 만나기 전까지 A는 수업 외 대부분의 시간을 별관에서 보냈다. 딱히 일탈을 하는 것도 아니었다—보편적 의미의 일탈 말이다—그저 계단을 오르내리고, 먼지 쌓인 책들을 들춰 보고, 더 이상 환풍기가 돌아가지 않는 옥상에 누워서 게으름을 피웠다. 지금까지 B를 그곳에 데려가지 않고 묵상실에 머무른 건 별관을 자신만의 아지트로 남겨두고 싶어서가 아니었다. 단지 B가 절대자의 사랑이 미치지 않는 곳에 앉아 있으면 추워할지도 모르니까, 뭐 대강 이런 이유였다.

B는 추워하지 않았다. 평소처럼 기분을 알 수 없는 표정으로 익숙하게 계단을 올라 신학자료실로 들어갔을 뿐이었다.

―너도 여기 와 봤어?

―응.

―언제?

―아주 옛날에.

아주 옛날이라 해도 그들이 입학한 후일 텐데, 용케도 마주치지 않았다는 생각이 들었다. B는 벌써 자리를 잡고 두꺼운 책을 무릎 위에 얹고 있었다. 저 정도로 두꺼우면 책이 아니라 그냥 흉기 아닌가. A도 B의 맞은편에 앉아 허리에 힘을 빼고 편한 자세를 찾았다.

―그런데 이상해.

―뭐가.

―손잡고, 포옹하는 아이들은 많잖아.

―그렇지.

―애들끼리 볼에 뽀뽀하는 것도 그냥 웃잖아. 다정한 장난처럼.

―응.

―그런데 왜 키스는 죄라고 해? 니네 교리에서는 그래? 죄와 무죄의 선이 어디야, 도대체.

우리 교리… 내 교리…? 중얼거리던 B가 다시 책으로 시선을 옮겼다. A는 인내심 있게 B의 대답을 기다렸다.

―액체의 교환인가.

―뭐?

―그렇잖아. 포옹과 어깨동무, 뭐 그런 건 고체끼리… 고체가 맞나, 하여튼 고체끼리의 접촉이잖아.

―그렇지.

―그런데 키스… 입맞춤은 타액의 교환이고, 또 섹스는 체액의 교환이니까. 그건 둘 다 죄로 여겨지니까는.

―어.

—동성끼리의 에로스적 행위가 죄라면, 에로스를 가르는 기준도 액체의 교환이겠다.

　—나야 그런 거 안 믿으니까 상관없지만. 그럼 이제 너는 죄인이 된 거야?

　—모든 인간은 죄인이야.

　A는 그런가, 하고 입을 다물었다. B는 다시 책장을 넘기기 시작했다. B가 말을 길게, 그것도 빠르게, 많이 하다니. 조금은 달갑고 조금은 울적했다. B에게 묵상실을 되돌려 주고 싶었다. 나는 사랑하지 않지만, 내가 사랑하는 B가 더 사랑하는 절대자에 대한 사랑도 지켜주고 싶었다. 다시 평온한 일상을 걷게 하고 싶었다. 그래서 소문의 근원지를 찾아 없애면 그 꾸물꾸물 흘러 다니는 검은 덩어리들도 다 사라질 거라 믿었다. 그런데 왜지. 뭐가 문제지. 순식간에 퍽 하고 터져 버린 머리가 흩어진 뇌수 조각을 끌어모아 마지막 사고를 시작했다. 그러나 끊긴 회로는 오래가지 못했다. 절대

자가 들었을지도 모르는 그녀의 유언은 결국 '소용
없다'가 되어 버린 셈이다.

   A의 장례는 신속하고 깔끔하게 치러졌다. 삼 일
이 넘어가기도 전에 그녀의 시신은 불길 뒤로 사
라졌다. 약간의 재가 남았지만, 그것이 A의 흔적
인지 그저 바닥에 남은 그을음인지는 아무도 모
를 일이다. 교사 한 명은 불같은 성미를 가진 아이
가 불과 함께 사라지는구나, 하고 제 나름대로 친
분이 담긴 추모사를 속으로 읊었다. 학교 측과 학
부모들은 아이들에게 원래 자식이 부모보다 일찍
떠나면 최대한 빨리 보내 주는 게 관례란다, 라고
열심히 설명했다. 아이들은 이해한다는 듯이 서글
픈 표정을 지으며 고개를 끄덕였다. B는 오랫동안
학교에 나오지 않았다. 귓속말은 줄어들었고 아이
들은 다시 절대자의 가르침에 매진했다. 묵상실의
네 번째 의자에는 먼지가 쌓였고 누구도 그 의자
를 닦을 생각을 하지 않았다.

책상에 엎드려 얕은 잠을 청했다. 얼마나 오랜 시간이 지났는지는 모르겠다. 체육 시간인지 교실은 텅 비어 있었다. 막 잠에서 깬 탓에 아이들이 언제 밖으로 나갔는지도 모르게 의식이 가물가물했다. 기지개를 켜고 고개를 들었다.

창가에 B가 서 있었다. 교실을 등지고, 운동장을 내려다보고 있었다. 나도 모르게 아는 척을 하려다 입을 틀어막았다. B는 예의 그 틀어 올린 머리를 길게 풀어 헤치고 있었다. 조심조심 창가로 다가갔다. 물론 B의 옆자리는 아니었다. B는 발자국 소리 따위는 개의치 않는다는 듯이 한 곳에 멀찍이 시선을 고정하고 있었다.

행사 날도 아닌데 운동장에 의자가 질서정연하게 깔려 있었다. 학부모들이었다. 학부모들은 무언가를 보고 박수를 치고, 무언가를 기다렸다가 또 박수를 쳤다. 그들의 얼굴에는 미소라기엔 조금 더 큰, 박장대소라기엔 경직된 웃음이 걸려 있었다. 좌측의 바닥은 온통 붉은 물이 들어 있었다.
이게 뭐지. 무슨 행사지. 고개를 흔들어 흐릿한 시
야를 정정했다.

평소에는 희미한 안개에 둘러싸여 있던 것 같
던 건물이 선명하게 다가왔다. 건물은 오 층짜리
였다. 절대자가 외면하는 장소. 그의 빛으로부터
유기된 건물. 그곳의 옥상에서 학생들이 떨어지고
있었다.

그들은 모두 망설임 없이 그들의 부모와 비슷한
웃음을 입에 걸고 난간에서 뛰어내렸다. 두 줄로
서서, 손을 잡고, 아주 신속하고 정확한 동작으로.
뛰어내렸다. 콘크리트 바닥은 너덜너덜해진 살점
과 흘러나온 피로 질척거렸다. 바닥의 갈라진 틈
새로 포도주 빛깔의 액체가 스며들었다. 앞의 아
이들이 떨어지면, 뒤의 아이들이 난간에 올라섰
다. 뒤의 아이들이 떨어지면, 그 뒤의 아이들이 난
간에 올라섰다. 바닥에 그들의 두개골과 척추가
부딪혀 박살나는 소리가 날 때마다 학부모들은 웃

으며 박수를 쳤다. 참 잘했어요. 짝짝짝.

교사들의 모습도 보였다. 그들도 손을 맞잡고 제자들의 등 위로, 그 옆의 바닥으로 곤두박질쳤다. 모든 것이 통조림 공장의 기계처럼 군더더기 없이 돌아갔다. B는 그저 무표정으로 창문에 이마를 기대고 지켜볼 뿐이었다. 아니, 웃고 있나? 울고 있나? 화난 건가. 잘 모르겠다. B는 그저 보고 있었다. 절대자의 사랑이 깃든 공간에서 벌어지는 신도들의 추락을. 즐겁게 관전하고 있었다.

마지막 아이가 뛰어내렸다. 인원이 홀수였는지 그녀 옆에는 아무도 없었다. 하지만 아이는 활짝 웃는 채, 마치 누군가의 손을 잡는 듯한 자세를 취하고 몸을 앞으로 기울였다. 마지막 퍽, 소리가 났다. 학부모들은 모두 기립한 채 박수를 쳤다. 제 자식들과 선생이 형편없이 뭉개져 버린 덩어리를 향해 환호했다.

박수 소리는 끝나지 않았다. 머리가 아팠다. 한참 박수 소리를 감미로운 음악인 양 듣고 있던 B

가 눈을 떴다. 나를 발견하고 고개를 살짝 틀어 보였다. 교실을 나가라는 걸까. 나는 가방을 챙기는 것도 잊은 채 뒷걸음질 치며 교실을 빠져나왔다.

문을 나서기 전 무심코 돌아본 B의 다리는 기러기의 모양을 하고 있었다.

다른 발이 디디고 있는 세계의 존재들에게
이 글을 바칩니다